Jay Sandoval

presenta

Kim's Theory 101
Bitácora experimental
de viajes en el tiempo

CROSS BOOKS

«¿Cuál es tu peor defecto?»

Esta pregunta ha estado clavada en mi mente durante las últimas tres semanas. Tuve una pequeña entrevista cuando comenzó el verano y, desde entonces, no puedo dejar de pensar en ella, a pesar de que estoy seguro de que es una de esas preguntas trilladas de examen actitudinal en la que puedes mentir para quedar bien.

Me entrevistaron para ser parte de un programa especial escolar fuera de mi ciudad, en una importante universidad. Por supuesto, me eligieron pasante para el verano. Ese no es el problema; de hecho, escribo esto dos días después de volver a mi casa tras vivir, tal vez, la mejor experiencia de mi vida. Lo que en realidad me inquieta de la pregunta es mi respuesta.

«¿Cuál es tu peor defecto?», me cuestionaron, y no dudé ni por un segundo en contestar que lo peor de mí es que toda mi vida he buscado destacar.

A los entrevistadores les hizo gracia mi respuesta y me colocaron junto al montón de entrevistados que se autodenominaron «perfeccionistas» o «autoexigentes». Pero creo que estar tan consciente de esa parte de mí es más bien preocupante.

Crecí en un pueblo pequeño, rodeado de personas con las que nunca me sentí identificado. Esto de ser un «pez grande en un estanque pequeño» estuvo bien durante gran parte de mi vida, pero, ahora que salí del pueblo, me di cuenta de que, en realidad, soy mucho más insignificante de lo que creía. Eso me aterra. Porque, de nuevo, siempre he buscado destacar, y esa gran ciudad en la que aspiro sobresalir no es un estanque: es un mar.

Por desgracia, no soy alguien que cambie de mentalidad radicalmente. Lo que más odié de esa pregunta es que desencadenó una peor:

«En una palabra: ¿qué es lo que quieres ser?».
Fue ambigua, estúpida..., y aun así no puedo dejar de pensar en que todo lo que quiero es ser <u>memorable.</u>

Cumpliré dieciocho en diciembre, por lo que, a partir de hoy, tengo cinco meses para encontrar un nuevo ideal. Comencé este nuevo diario precisamente porque, como en cada nueva investigación, necesito llevar un control de mis avances y resultados. Pero, a diferencia de mis investigaciones anteriores, no tengo ni idea de qué estoy buscando.

Así que, de momento, soy mi propio objeto de estudio:

~~Finnian Taylor, diecisiete. Futuro científico y nobel de física.~~
~~Bombero, poeta y barbero.~~

FINNIAN TAYLOR ~~KIM~~
Diecisiete. Último año de preparatoria.

30 de julio de 1986

Hoy fui a la escuela para recoger las hojas de mis asignaturas y hablar con algunos profesores. Pero el gran inicio de mi esperado año escolar se convirtió en una batalla campal con mi familia porque cometí el error (o el descuido) de dejar que mis padres me acompañaran.

Admito que no fui el más amable con mis respuestas, pero la situación me ha superado un poco. Había muchas personas a las que ya conocía, pero la mayoría de ellas no tenían ni idea de quién era yo o de dónde había salido. Creo que debí suponerlo: si mis compañeros de primer año —que ahora pasan a segundo— apenas me ubicaban, ¿qué podía esperar de mis nuevos compañeros? No mucho, en realidad; menos aún teniéndolo a él a mi lado.

Juro que, si vuelvo a escuchar un «¡No sabía que Sean Grace tenía un hermanito!» una sola vez más en mi vida, cometeré un atentado. Me llamo Taylor. Taylor Kim. «¡Dios, pero son iguales!». No, yo no me parezco a Sean. Él se parece a mí...

A veces quisiera tener otro nombre, otro apellido y otro rostro.

Claro que destaco, al menos en mi mente sé que lo hago. Destaco en todo lo que nadie entiende, y en cosas que a nadie le importan. Pero en la escuela la situación es... complicada.

Soy el menor de dos hijos. Mi hermano mayor, Sean Grace, es todo lo que me resulta obsceno en la vida: es ruidoso y extrovertido como jamás he podido —ni deseo— ser. También es atlético y, para completar el paquete, bien parecido. Es dos años mayor que yo y, gracias a que tomé el examen de aptitud para salir más rápido del pueblo, terminamos en el mismo año.

Yo estaba en segundo, y este era su último año. Acepto su inconformidad porque ahora es <u>nuestro</u> último año escolar.

¿Qué tan posible es amar y detestar a alguien al mismo tiempo? Porque a veces siento que podría dar la vida por él, pero la mitad del tiempo su presencia me incomoda.

Sus amigos son las personas más insoportables y desagradables del mundo. No entiendo qué pretende mi hermano al estar cerca de personas como ellos. Se la pasan burlándose de mí porque soy bueno con los números, tengo ojos rasgados y, claro, el remate de su chiste es que, irónicamente, soy asiático. <u>Somos</u>, hermanote, <u>somos asiáticos</u>. Tus amigos también se están burlando de ti.

Ah, sí. Mi hermano es beisbolista. Capitán del equipo desde que estaba en primer año de preparatoria, y es bueno, el idiota es excelente, eso lo ha ayudado a pasar de año —gracias a eso y a los comprobantes en los que yo solía falsificar la firma de nuestros padres—, porque en términos de escolaridad y aptitud está más abajo que el promedio.

Hoy llegué a la escuela resignado a compartir todos mis cursos con él, pero mi promedio es, al parecer, «excepcional», por lo que me enviaron a los cursos del programa de intercambio, es decir, el curso intensivo para cerebritos extranjeros que es muy caro como para que mi familia pudiera pagarlo. ¿Que si soy bueno? Soy excelente.

La mierda más grande que me pasó en la vida fue escuchar a mis padres decirle al director que me dejara en clases regulares porque yo no estaba «listo para eso». Luego me pidieron ser más como mi hermano porque no soy «lo suficientemente sociable».

El director les sonrió condescendiente y me dio mi horario nuevo como si no hubieran hecho drama por media hora en su oficina. Me agrada mucho ese señor.

Comida decente

Ensalada de los jueves
Fideos de los martes (los fideos del miércoles están tan duros que parecen colas de ratas, no comprobarlo)
La pizza está pasable
La leche es flan desde el 82

Lugares incendiados:
- Iglesia presbiteriana
- Iglesia católica
- capilla de bodas
- Vestidor de Madonna (x2)
- Animal center
- La estación de gas de la ruta 42
- La estación de gas de la ruta 46
- Laboratorio de la escuela
- Mi cuarto
- La casa de los Johnson (cobraron e seguro, entonces les hice un favor)
- La estación de bomberos
- Iglesia adventista
- Un árbol
- Un microondas (cuenta como lugar porque se ahumó toda la habitación)

Finnian Taylor, diecisiete. Último año de preparatoria

Cursos/materias:

- Social Humanística
- Filosofía de la Ciencia
- Botánica

> Me dan sueño. Pero intentaré tomarlos en los primeros periodos para poder saltarlos en caso de ser necesario.

- Cálculo 4
- Física 4
- Química 4
- Álgebra Lineal 2
- Estadística 4

> Espero que este sea el año en que el profesor de Estadística entienda mis indirectas y decida usar enjuague bucal.

- Literatura Grecolatina

> Se supone que ya no debería llevar Greco este semestre, pero la equivalencia de créditos no sirvió para nada.

- Inglés
- Historia Universal
- Historia de Estados Unidos
- P. E.

> Actualizar informe médico para exentar P. E. por asma.

- Matemática 4
- Salud
- Electivo de expresión artística extracurricular
- Orientación Vocacional

> Electivo: Artes Plásticas.

Mañana es el primer día de mi último año y sé que será un gran día.

NOTA: HABLAR MÁS

Meta del día:
Conseguir un(a) amigo(a)

pero no Antonio, parece de narcóticos)

NOTA ADICIONAL:
Preparar solicitudes de ingreso para la universidad. Encontrar un asesor de proyecto y lograr que la orientadora lo apruebe. (¿Será mal momento para decirle que tengo una ligera crisis existencial?).

31 de julio de 1986

Es difícil ser diferente.

Es peor aún estar consciente de que existe en uno tal peculiaridad. Hoy llegué solo, estudié solo y almorcé solo. Me sentí solo.

Es patético pensar que escribo esto como si hablara con alguien mientras estoy sentado en el piso de uno de los cubículos del baño. Me había sentado en una mesa del fondo, pero estar en la cafetería es humillante, es como si todos se dieran cuenta de que no sé estar con ellos, de que no me siento como ellos. No lo digo de forma arrogante ni pretendo que lo sea, pero no entiendo sus afanes ni sus gustos, ni ellos los míos. No sé si es apropiado reírme al mismo tiempo o si es descortés que me incluya en sus conversaciones.

Alguien decidió que no fuera como ellos, y no estoy seguro de haber sido yo.

El año anterior solía almorzar con la secretaria del director, pero... sí, sí. Aunque mis padres tienen un poco de razón, no les daré ese gusto. En especial porque, aunque hoy no logré por completo mi objetivo, lo alcancé parcialmente.

F. TAYLOR KIM
TLF: 00xxxxxxx
LLÁMAME PARA LO QUE NECESITES

Experimento social: Lee SunHee

Hice una amiga. Su nombre es Lee SunHee.
Viene de Corea y es muy inteligente. Creo
que es bonita, pero es lo de menos; es toda
una eminencia en el laboratorio, y eso es una
novedad por aquí. Me contó que le van más
otras disciplinas; quiere ser abogada. Yo le
dije que sería un desperdicio de habilidades
y ella debatió conmigo por media hora, así
que creo que tiene muy buena madera para
ello. Aún le cuesta hablar inglés y me ofrecí
a ayudarla, incluso le dejé mi nombre y mi
teléfono en caso de que necesite algo... o
quiera salir; estaba muy interesada en
conocer el pueblo, así que todo apunta a que
será un experimento social exitoso.

Si no fuera poco ético —y muy infantil— de
mi parte, diría que ~~tuve un ligero flechazo
platónico con ella cuando la conocí.~~

Se cancela. El teléfono sonó. Yo no estaba
en casa, y mi exhermano se robó a mi amiga.
Reporte de avances: fracaso total.
Doy por terminada la investigación.

Encontré esto en
el pasillo de la
escuela, ¿de qué
se tratará? →

Prohibido acceso al lago según autoridades

El Center for Disease Control and Prevention
del estado de California, en colaboración
con el FBI, ha lanzado una alerta de riesgo
biológico en los alrededores del lago
Mariposa, por lo cual el acceso a las zonas
aledañas estará estrictamente prohibido
hasta nuevo aviso.

Dicha alerta está vigente desde hoy, 20 de

- 11:15 p. m.

Salí a caminar por el sendero. Estaba molesto y no prestaba mucha atención hasta que un camión me sacó del camino. Dejando de lado que casi me atropellan, no fue solo un camión. Mientras esperaba escondido en la carretera, vi más de una docena de camiones pasar en caravana hasta la zona restringida del bosque.

Los seguí.

El condado Mariposa es conocido por su amplia zona forestal y por su lago. Este último, en específico, ha estado rodeado y circulado para limitar el acceso a él desde antes de que yo llegara al pueblo. Incluso hay mitos sobre las propiedades curativas del agua del lago, muchos pobladores afirman que es «agua bendita»; yo, como hombre de ciencia, tengo una mejor explicación:

extraterrestres

¿Qué esconderá este lago?

Bueno, no necesaria- mente extraterrestres. Pero, por el perímetro y las cualidades de la tierra, podría ser un proyecto para la creación de un híbrido que podría terminar en un monstruo o podrían estar desarrollando armas. Todo cabe en lo posible.

No es la primera vez que me infiltro en el área restringida; sin embargo, es la primera en la que veo movimiento de personas y mucha maquinaria.

Lo que sea que esté en ese lago es mi próximo descubrimiento. Mañana a esta hora tendré un nuevo objeto de estudio.

1 de agosto de 1986

No confíes en tus hermanos.

Al menos no si tu hermano es Sean Grace Kim. Le pedí que me acompañara al bosque, pero me dejó por irse a una cita, una cita que me robó.

Esta noche pude morir. De haber sido cualquier otro metiche tal vez estarían buscando su cuerpo en este momento, pero no. Hoy me declaro vencedor ante la muerte.

Tras realizar una exploración del perímetro, puedo destacar las siguientes características del entorno: cambios repentinos de clima y una cantidad alarmante de estática en el ambiente. Nos encontramos en época de sequía, pero hubo una gran tormenta esta noche y casi soy alcanzado por un rayo. ¿Será posible provocar la lluvia? De serlo, las personas que se movilizaban más allá de la barrera tenían un propósito complejo. Me acerqué lo suficiente como para observar a al menos siete personas, un pararrayos, aunque no estoy seguro de que sea el único, y una pequeña construcción que podría ser una cabina de control.

Sin embargo, el hallazgo destacado es el que me pone en alto riesgo.

Me he encontrado a una persona en los alrededores de la comunidad del condado Mariposa, California. Dicho sujeto afirma que proviene del año 2019. Sujeto de prueba, nombre identificado: Han Daкho. Abro espacio a hipótesis y a la posibilidad de que no esté en sus cinco sentidos debido al consumo de alguna droga o estupefaciente.

Croquis de la zona restringida del lago

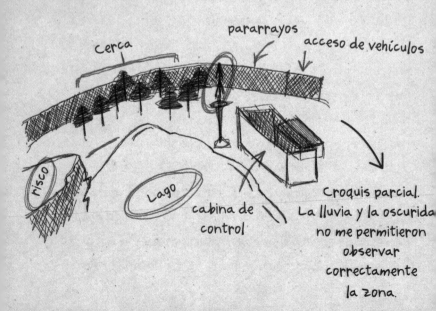

pararrayos

acceso de vehículos

Cerca

risco

Lago

cabina de control

Croquis parcial. La lluvia y la oscuridad no me permitieron observar correctamente la zona.

Sección I: El sujeto

HAN DAKHO

- Peso: 66 kg ✓
- Altura: 178 cm ✓
- Cabello: negro, lacio, ligeramente largo
- Extremidades superiores e inferiores: conservadas, no presentan alteraciones o dificultad de movimiento.
- Habilidades físicas y cognitivas: en buen estado.

(Actualización)

Lugar de nacimiento: Seúl, Corea del Sur.

Fecha de nacimiento: 3 de septiembre de 2001.

Signo del zodiaco: Virgo. ♍

Colores favoritos: negro, violeta, negro, blanco, negro y negro.

Comida favorita: papas al vapor, arroz y zanahoria ~~rayada~~ rallada. Vegetariano, odia la soya.

Libro favorito: «El retrato de Dorian Gray».

Deportes: béisbol, natación, gimnasia y atletismo.

Hobbies: cantar, leer manga, tejer y dibujar.

Debilidades: solo tu mirada, guapo. ;) ♡♡

El sujeto olvida que no debe tocar mis cosas. Si el sujeto VUELVE a tocar mi libreta, le cortaré una mano.

Ay, solo vine a colorear los dibujos que hice y me encuentro una amenaza. Ya no te quiero. (Mentira, sí te quiero).

2 de agosto de 1986

El sujeto tiene, según su edad espaciotemporal correcta, diecisiete años. Usa botas de tela negra, de estilo militar. Sus orejas están perforadas. Su aspecto me hace dudar, pero su acento me resulta tan familiar que es imposible para mí sentir temor de él. Es extranjero y su léxico me recuerda al de mi abuelo.

El sujeto parece accesible. No se muestra renuente ni agresivo. Habla muchísimo, lo que no sé si es bueno o malo; en cualquier caso, se tomará como signo de buena actividad cerebral. Su versión de los hechos indica que, en un día de pesca con su padrastro cayó al lago y al momento de atravesarlo su cuerpo se desintegró. Por un instante, afirma haber sentido como si un rayo le quemara por dentro, aun así, tras realizarle una breve evaluación corporal, solo presenta daños superficiales.

Han Dakho y la electricidad (título provisional)

Si las sales en el agua condujeron la energía a través del cuerpo de Dakho, eso significa que en ese momento una gran cantidad de esta debería moverse a través de él; pero para ello necesitaría alojarse en un material aislante, quizás en su cabello o en su chaqueta.

Requiere análisis profundos. Tomografía, resonancia y demás (sin equipo necesario para completar evaluación).

No representa una amenaza; en el fondo, parece asustado. Se ha puesto como loco a buscar a su familia y su «teléfono celular». Dicho aparato quedará decomisado para estudiarse.

Croquis del aparato

No puedo dormir después de lo que dijo.

Está dormido en mi alfombra, tranquilo, como si no dimensionara la gravedad de lo que dice. Ya vomité una vez y tomé una ducha fría porque no encuentro una forma lógica de que sea real. Einstein planteó que la gravedad podría ser capaz de curvar el tiempo. Que un objeto sometido a este fenómeno se movería más lento en el espacio temporal, pero, aunque la posibilidad de saber cómo lograr eso me intriga, me siento perturbado por sus conjeturas.

El sujeto afirma conocer a mi hermano. No a <u>mi hermano</u> (el que está durmiendo en la habitación de al lado), sino a un hombre de más de cincuenta que vive en su casa y se la pasa jodiéndole la existencia, que tiene su misma risa y su mismo nombre. Asegura que mi hermano y su padrastro son la misma persona; entonces, sería correcto decir que son diferentes versiones de él al mismo tiempo.

Si mis conclusiones son correctas, el sujeto es peligroso para sí mismo. Para mi familia y para el pueblo. No puedo dejarlo solo, pero tenerlo oculto es imposible. En un par de días sería obvio que oculto algo.

Necesito introducir de forma creíble al sujeto en mi entorno, por eso me di a la tarea de darle una identidad falsa para hacerlo pasar como un estudiante de intercambio. Porque si los guionistas de «Volver al futuro» no creen que sea necesario justificar al extraño que aparece de pronto en la escuela, yo sí.

La secre del director me debe un favor. Así que es un buen momento para utilizarlo.

Se cancela todo: mi hermano lo descubrió en mi habitación; en mi ducha, específicamente. Ahora piensa que ambos somos drogadictos gracias a que el sujeto parece ser INCAPAZ de cerrar la boca.

Sean lo tomó del brazo por un momento y el sujeto casi colapsa. Afirma que puede ver a ambas versiones de «Sean Grace» al mismo tiempo, como si la dilatación entre esos dos puntos temporales fuera nula. Pero obtuve algo bueno de esa eventualidad: su respiración agitada inestabiliza toda la corriente eléctrica del perímetro.

Me acerqué a él para intentar generar una reacción eléctrica. Yo obtuve una gran respuesta cuando la energía que parece emanar de su cuerpo me dio un ligero toque (también arruiné mi lámpara de noche), pero él... pareció sonrojarse por mi cercanía. Dice cosas muy inapropiadas y en doble sentido de las que prefiero hacer caso omiso.

Han Dakho: el tiempo y la electricidad: ¿Estática?

- El sujeto presenta constantes mareos producto del cambio de espacio en su entorno.
- Su campo de visión se divide entre sus recuerdos (la realidad a la que pertenece) y la línea de tiempo actual.
- Su memoria es buena, al igual que su habilidad para utilizar el sarcasmo, lo cual evidencia que su capacidad cerebral se encuentra en óptimas condiciones.
- Fue causante de una sobrecarga en una lámpara menor a doce voltios.

- 5:13 p. m.

Me llaman «Sr. Idiota». De tanto usar su nombre aquí, lo pasé por alto y coloqué su nombre real en los documentos de intercambio. El ser más inteligente de la tierra chocó con alguien y le dijo su nombre real, pudo solo disculparse y ya, pero eligió PRESENTARSE. Así que somos dos grandísimos idiotas.

Solo tenía que cambiar «Han Dakho» por «Han Jackson». Asunto arreglado.

Lo mío era corregible, pero vamos que no puedes borrarle la mente a una persona. En especial si esa resulta ser LA PERSONA QUE TE ENGENDRÓ Y TE DIO A LUZ.

El sujeto mencionó a su madre, sí, y claro que pensé por un segundo en mi amiga, que era la conquista actual de mi hermano, pero me autoconvencí de que no era posible para no pensar que en treinta años están viviendo la vida de «casita feliz» por dar una nota que yo arranqué de esta misma libreta.

Al menos no es hijo biológico de Sean. Sería raro que SunHee fuera la madre de mi sobrino. Esta es una situación un tanto turbia.

Sí. Lee SunHee es madre de Han Dakho.

Estuve un poco ciego al inicio, porque... hay un parecido tan sutil entre ellos que de momento pasó desapercibido para mí. O es que a lo mejor nunca me detuve a mirar tanto a SunHee como a Dakho. Tienen el mismo cabello negro, pero el de él es más liso. La construcción de su rostro y su cuerpo tiene líneas y ángulos rectos, los genes de su padre debieron ser mucho más dominantes, porque el rostro de ella, a simple vista, pareciera no tener ni una sola marca en la piel.

Pero él...

→ **RASGOS DISTINTIVOS:**

- Posee múltiples lunares en el cuello, piernas y rostro. Uno específicamente notorio bajo su labio inferior, lo que le da un aspecto peculiar cuando sonríe.
- Sonrisa encantadora. (~~Su sonrisa es bonita~~).

4 de agosto de 1986

Me las había ingeniado para hacer pasar a Dakho como un compañero del programa, pero su rendimiento no fue el mejor. Aunque considero que la escuela se tomó muy poco tiempo para determinar si era apto o no y lo enviaron a clases regulares. No le dieron ni la oportunidad.

O SIENTO, TUVE QUE CAMBIAR
APLICACIÓN DE INTERCAMBIO
FALSIFICADA, DE UNA ACADÉ-
MICA A UNA DEPORTIVA. EL
OBRE CHICO ESTABA SUFRIENDO.
ADEMÁS, TUS FALSIFICACIONES A
VECES NO SON TAN CREÍBLES.

¿O habré hecho algo mal yo?

P. D.: YO REEMPLACÉ LA CONS-
TANCIA MÉDICA PARA JUSTI-
FICAR NUESTRO «ASMA». JUSTO
A TIEMPO, O HABRÍAN NOTADO
QUE EL DR. JEAN GEIN ES UNA
CANCIÓN Y NO UN DOCTOR REAL.

No sabía que jugaba béisbol. Lo dejé solo un momento y ya se había incluido en el equipo de la escuela, lo que no es del todo malo: el entrenador podrá mantenerlo ocupado por mí al menos un rato.

Por supuesto, la parte mala es que ahora todos en la escuela tendrán una vaga idea de su existencia. La historia es una línea recta. Cuando Dakho volvió en el tiempo creó una segunda línea para cambiar la trayectoria; y si sigue exhibiéndose por todas partes, creará más y más realidades alternas en la memoria de todos ellos. De todos los monstruos y especímenes que pude rescatar del bosque, escogí a uno al que le encanta llamar la atención. En serio... Atrae miradas en donde quiera que esté.

En especial porque retó a Sean Grace y batió su récord. ¿Fue divertido? Sí. Sean y su nuevo mejor amigo Dakho en el mismo equipo, me hace tanta gracia. ¿Qué me preocupa? El sujeto está ensañado en dañarle la vida a Sean Grace. Piensa que, separando a su madre de Sean Grace, Sean jamás se casará con ella, lo llevará al lago y «poof», de vuelta a su vida normal.

No es taaaan tonto como para no darse cuenta de que eso sería una gran paradoja. Solo quiere fastidiar a mi hermano. Él, genuinamente, odia a Sean Grace. Y, bueno, al menos por parte de la versión joven de mi hermano, el odio es mutuo.

Y entiendo que lo haga... El sujeto podría ser tachado fácilmente de insoportable, egoísta y niñato.

A mí me da igual, he lidiado con Sean toda mi vida. Otro engreído en mi vida no la hará diferente. Pero... si tuviera un problema con su actitud, sería con la que tiene específicamente hacia mí.

El sujeto no tiene respeto del espacio personal... y no se debate ni por un segundo en abrazarme, ni acercarme a él. No parece notar lo inapropiados que son sus comentarios sobre mí, se cree que es mi amigo. O, no lo sé, dice esas cosas para intentar ponerme nervioso; hoy me observó durante un largo rato y soltó otro de esos comentarios. No lo estoy manejando bien, es la primera vez que alguien me encuentra «adorable».

Hoy, cuando lo vi caer mientras jugaba, tuve una oleada de nuevas preguntas sobre él. Muchas y malas preguntas.

Por fines de control, documento con respecto a su desempeño hoy en el juego.

¿Podría ser que se siente atraído a mí?

Han Dakho, evaluación física

- Su habilidad psicomotora no parece haberse visto afectada por el cambio de espacio.
- Espalda, cadera y piernas fuertes, en buen estado, ágiles.
- La coordinación y el control sobre sus extremidades están arriba del promedio.
- Masa muscular en evidente desarrollo.
- Piel del antebrazo expuesta con una herida de poco riesgo.
- Monitorear proceso de cicatrización.

Su expresión cambia cuando habla sobre mí.
~~A veces pienso que está coqueteando conmigo.~~

Sigo esperando a que me diga la verdad. No me sorprendería oírlo decir que mintió sobre el futuro y que solamente huyó de casa.

Hace unos años vi una película antigua sobre un hombre y una mujer en un bar. Conectan de inmediato al conocerse. Él le cuenta maravillas de esa ciudad. Y, después de escucharlo con admiración por largo rato, ella le dice que le encantaría conocerla tanto como él.

Ella había pasado su vida entera ahí y era la primera noche de él en esa ciudad.

Se quedaron hablando toda la noche y, antes de que amaneciera, abandonaron el feo local para correr en las calles vacías por la hora. Se quedaron en medio de la carretera y justo cuando el semáforo cambió de rojo a verde, se besaron con tanto deseo que parecía que lo habían esperado toda la vida.

Se besaron como si la dirección que él le dio para que lo buscara en la mañana no fuera falsa, mientras ella prometía buscarlo al mediodía, como si su vuelo hacia una nueva vida no saliera del país en pocas horas.

Eran dos mentirosos y, aun así, fue la primera vez que me pregunté qué se sentiría besar a alguien. Por desgracia, ahora lo sé. Ellos mentían y no se sentían culpables. Yo siento culpa, miedo, emoción, vergüenza...

Quiero detener la sensación hormigueante que quedó en mi boca.

QUIERO LLORAR.

Quiero correr.

Quiero vomitar.

Esta noche besé a un hombre y, por más que quiera borrarlo, no puedo. Ese fue mi primer beso.

Lo que sentí... No logro entender si fue la electricidad de su cuerpo o mi cerebro cambiando de rojo a verde sin proponérmelo. Al recordarlo, mi rostro se calienta, se me eriza la piel y siento un leve escalofrío recorrerme la espalda.

Salimos de casa para arruinarle la noche de cita a mi hermano. Y, a diferencia de mi fantasía original, nosotros tuvimos que huir del bar. Corrimos por la carretera y por el bosque hasta encontrar a mi hermano. Dakho cumplió su objetivo. Arruinó todo para ellos. Y luego de que habló... entendí por qué. No había justificación válida para lo que hizo, no debería compadecerlo, pero yo también sé lo que es sentirte solo en tu propia casa.

A lo mejor nosotros no somos mentirosos, sino un par de resentidos.

Sentados en el mirador, me besó como si nos conociéramos de toda la vida. Yo le correspondí como si tuviera que irme.

Y, aunque me cuestiono los motivos de su aparición, su existencia me ha dado el sentimiento más real que alguna vez tuve: ⋝terror.⋜

Me aterra la idea de que alguien lo sepa. Me habría gustado que fuera con una chica hermosa, así habría podido correr a contarle a Sean. Pero me aterra aún más pensar que, si hubiese sido alguien más, no divagaría entre la sensación de su mano en mi cuello y el sabor a cigarro que mantengo presente en mi mente.

Si mi madre supiera algo de esto, me diría que iré al infierno. Es lo justo, porque aún con culpa y muerto de miedo, <u>creo que no me molestaría hacerlo de nuevo.</u>

16 de agosto de 1986

[No puedo creer que escribí esto...]

Creo que voy tarde.

Cuando las personas me hablan sobre «las primeras veces», siento que estoy a kilómetros de ellas; siempre es el primer día de algo, la primera persona, el primer momento, y mientras más pienso, más me doy cuenta de que nunca les he prestado atención a esas cosas.

Siento que estoy corriendo sobre fango y, por más que avanzo, aun si corro con todas mis fuerzas, siempre parece que los demás están mucho más adelante que yo.

Hoy ~~al sujeto~~ Dakho me ha contado de su primer beso. También un poco sobre su primer amor (y el que sigue de ese y de ese...). No tengo mucho que contar al respecto; por desgracia, Dakho es mi primer beso y, ya que nunca había tenido una conversación de estas con alguien, al parecer también es mi primer amigo.

Han Dakho y la electricidad

Para probar la probabilidad de que su cuerpo funcionara como un circuito, se le sometió a un espacio cerrado que pretendía imitar las condiciones de su llegada. El experimento consistía en hacer que su cuerpo entrara en un estado de reposo mientras se encuentra con una alta segregación de adrenalina en el torrente sanguíneo.

595 l de agua salada. Cableado y una bombilla.

El cerebro humano genera suficiente electricidad para encender una bombilla, pero ¿qué sucede si puede controlarla? ¿Cuántos voltios es capaz de generar Dakho? ¿Su cerebro resistiría la descarga que un golpe hormonal provocaría?

Sí. Sus emociones controlan y disparan la corriente en su cuerpo... Pero es tan vulnerable...

Soy una mala persona.

Casi me convierto en asesino hoy. Un par de minutos más y hubiese tenido un homicidio culposo en mi bañera.

Dakho me contó sobre su familia. Me reveló que tiene un padre abusivo al que idolatra y una madre negligente. Ambos en la crisis de los cuarenta, intentando revivir su juventud. Hace semanas que lo sé y ha sido gracioso burlarnos de eso, creí que era una cosa sin importancia porque así lo ve él. Pero es la misma indiferencia que siento yo ante mis propios padres.

Mis padres han sido negligentes conmigo toda mi vida. Hay cosas sobre mi infancia que mi cerebro ha obviado por mi propio bien, aun así, tuve el descaro de revivir los traumas de Dakho para probar mi punto. El chico es muy transparente y cometió el error de dejar su pasado en manos de alguien como yo, que no sabe bien cuándo detenerse.

He fundido la caja de fusibles de la casa con la descarga de electricidad que causé en Dakho. Él se ha quedado callado por horas y, de pronto, me ha contado lo que intentó hacerse a sí mismo cuando cumplió quince. No quería saber eso. Me habló de cuando tenía ocho. Y yo... nunca quise entender los motivos por los que un niño desearía morir (o matar).

Obtuve un avance en la investigación. Pero no estoy orgulloso de ello.

Descansaré de mis objetivos por un par de semanas.

Nuevos enfoques:

1. Hacer a Dakho feliz. (Muy feliz.)

No puede odiar a su padre por arruinar la vida de su madre porque él también se siente responsable de ello. Dakho afirma que su madre estaría mejor si él no hubiera nacido.

¿Y este tipo quién se cree que es?

Primero Sean y ahora Dakho. ¿Qué tiene con mis amigos que siempre se les termina acercando? Bueno, Sean es mi amigo porque no tiene otra opción.

Haru Moon se ha hecho cercano a Dakho y estoy botando espuma por la boca. <u>DEJA DE LLEVARTE A MIS AMIGOS.</u> No sabía que su nombre era Augustus, pasé años creyendo que su nombre real era Haru, después de todo, así era como mi hermano lo llamaba.

Ellos solían ser muy cercanos de niños.

No me considero particularmente celoso, pero ver a Dakho llevarse tan bien con él me hizo recordar las veces que mi hermano eligió a Haru antes que a mí.

._. . . . . ._

Siempre sentí envidia de ellos. Sean sí hablaba de cosas de hombres con Haru, o salían a explorar. Tenían casi la misma edad y los mismos gustos, hasta sus propios códigos.

Su confidencia me hizo sentir al margen toda mi infancia, pero con el tiempo entendí que Haru era el hermano que Sean siempre quiso tener. Y, en su lugar, me tenía a mí, que siempre fui una carga para él.

._. . . . . ._

A Dakho le gusta bailar.

Toca el piano.

Y sabe cantar.

Y es un idiota. Un lindo idiota.

Me divierto mucho con él.

Me divierto con él, pero no soporto que conviva con otras personas. Dakho dice que estoy celoso de Moon, pero CÓMO NO VOY A ESTARLO SI ESTÁ TAN CERCA DE ÉL. ¿QUÉ PARTE DE QUE DAKHO ES MI DESCUBRIMIENTO NO ENTIENDEN?

Dakho dice que los «clásicos» no son clásicos, sino «leyendas». ¿Tendrá razón?

Las canciones que me parecen burdas y básicas se vuelven cada vez más ligeras de escuchar. «Don't go breaking my heart» es tan tonta, pero no puedo dejar de pensar en ella desde que bailé con ella.

Dakho dice, Dakho dice... Todas las cosas que Dakho dice se quedan en mi mente a la fuerza. Corren en mis pensamientos buscando la forma de apoderarse de mí. A veces lo logran.

A ambos nos gusta Queen. Pero soy tan «Mama» y Dakho tan «Good Old-Fashioned Lover Boy».

La canta mientras me sonríe como estúpido. Creo que está intentando decirme algo.

Intenté preguntarle a Dakho sobre mi futuro y terminé acobardándome. Él sabe más de lo que puede manejar y no quiero atormentarlo

(por ahora). Pero estoy confundido. Dijo que me besó porque quiso y no porque algo se haya apoderado de él como la primera vez. Realmente no lo recuerda. Los cambios en el futuro no me afectan porque no me conoce, pero sí afectan sus recuerdos.

<u>FUCK</u>. SÍ CAMBIAMOS EL FUTURO.

DAKHO NO RECUERDA QUE FUIMOS AL MIRADOR Y ARRUINAMOS EL BESO DE SU MADRE. JURO POR LA MÍA QUE ASÍ FUE. ÉL MISMO ME CONTÓ SOBRE ESO EN EL FUTURO, PERO AHORA SU VERSIÓN CAMBIÓ.

¡¡MALDITA SEA!!

Ah, sí. Volvió a darme un beso. No es la gran cosa.

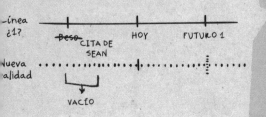

(Me besaron, pero yo no sé besar. Nota: recabar técnicas de ejecución.
Preguntarle a Sean Grace como <u>ÚLTIMO</u> recurso, solamente).

Han Dakho y el subconsciente como punto en el espacio

Experimento n.º 1

La capacidad de materializar situaciones y/o realidades es una posibilidad por explorar.

El sujeto se ve afectado por la descarga eléctrica provocada por la aceleración de su ritmo cardíaco y el estrés.

Se generan espasmos, pérdida del conocimiento y apnea. Su cuerpo parece ser inmune a la electricidad. ¿Cómo consiguió tal característica?

Cambios en su memoria y subconsciente.

- Alucinaciones.
- Pérdida parcial y momentánea de las capacidades motrices.
- Daños físicos: Ninguno.
- Daños psicológicos: Pertenecientes a la infancia; sin relación con el experimento.
- Miedo.

Yo tengo miedo.

Él siempre me observa demasiado. ¿Por qué lo hace?

¿Será acaso que se siente atraído hacia mí?

P. D.: Mi labio está hinchado.

Hoy es el cumpleaños dieciocho de Dakho. Y está lejos de casa, en un lugar al que no pertenece, rodeado de personas que no lo conocen; pero me tiene a mí, está de suerte, soy un entusiasta de los cumpleaños. Aunque esta vez he fallado al no felicitarlo de inmediato (él me anotó en mi libreta su cumpleaños y lo olvidé).

Es una fijación. Tengo la necesidad de hacerles saber a las personas que me importa su cumpleaños. Algunas personas, como mi hermano, reciben felicitaciones de todos lados, de amigos, de familiares, de desconocidos en la calle que saben su nombre... Y eso les llena. Otras, como Dakho, podrían recibir cien felicitaciones y aun así sentirse invisibles.

Solo espero que sepa que hay alguien en el mundo que sí recuerda su cumpleaños.

Se me ocurrió una gran mala idea
- Pastel de zanahoria, fase uno: ~~limpiar la madriguera~~ ✓
- Pastel de zanahoria, fase dos: ~~planear la distracción~~ ✓
- Pastel de zanahoria, fase tres: ~~hornear el maldito pastel~~ ✓

Pastel de zanahoria

- 4 unidades de huevos → DAKHO NO COME ESTO.
- 1 litro de leche → Ni esto. Leche de coco y ya.
- 1 1/2 tazas de azúcar (300 gramos)
- 1 cucharadita de esencia de vainilla (opcional)
- 1 1/2 tazas de harina (210 gramos)
- 1 taza de manteca
- 1 pizca de sal
- 2 cucharaditas de polvo para hornear o levadura tipo Royal
- 2 cucharaditas de canela en polvo (opcional)
- 2 tazas de zanahoria rallada
- 1/2 taza de nueces picadas

¿Qué carajos era «gluten free»?

El bicarbonato funciona igual.

Tendré que amarrar a Dakho y a Sean juntos para que aprendan a llevarse bien. Le pedí un favor a mi hermano. UNO SOLO. ¿Y qué conseguí? Que se agarraran a golpes como el par de animales que son. Luego tuve que ir por esos idiotas al hospital. Hasta perdieron la pelota de béisbol que el abuelo nos regaló a mi hermano y a mí.

Actualización:

El estúpido pastel se quemó.

A Dakho le gustó el pastel quemado.

Cuando tenía ocho, quería tener diez; a los diez, quise tener dieciocho, y ahora me aterra la idea de cumplirlos. El sentimiento que me trae mi propio cumpleaños no es el mismo que me provocan los cumpleaños de los demás. Solo puedo emocionarme por las cosas cuando no me involucran a mí porque, cuando se trata de mí, con frecuencia me quedo sin palabras para explicar lo que pienso.

Hoy no es mi cumpleaños. Pero por primera vez me emocioné como si lo fuera. He intentado hacerle una fiesta a Dakho porque creí que la necesitaba y él me ayudó a entender algo que, por años, no supe exteriorizar: nada importa tanto.

El primer pastel de cumpleaños que he disfrutado comer en mi vida es uno de zanahoria quemado por fuera y crudo por dentro. Justo como yo, que entiendo todo lo que me rodea, pero nada de lo que siento adentro.

4 de septiembre de 1986

Eso de que los borrachos y los niños no mienten es una creencia estúpida. De niño yo mentía muy bien y justo en este momento me estoy mintiendo a mí mismo al afirmar que no deseo acostarme

La cerveza no hace efecto tan rápido. Es una buena opción para beber socialmente. Pero es pesada, causa una terrible indigestión. Jamás había vomitado tanto como hoy.

junto a él. Tengo un montón de reacciones hormonales. No sé si estoy feliz o emocionado.

Tengo a un hombre a medio vestir dormido en mi cama y lo estoy viendo respirar como si fuera un gran acontecimiento. Se supone que el alcohol aumenta la testosterona, creo que no fue buena idea besar a nadie en este estado. Ni dejarlo manosearme como si eso no provocara nada.

Mi curiosidad es igual de profunda que mi desesperación al no poder tocarlo. Dakho se autoproclama «atrevido», pero, si supiera lo dócil que se ve mientras duerme, no podría objetar nada si yo hiciera las cosas que él pretende hacerme a mí. Es un bocón. Solo habla por hablar y se ha quedado dormido después de decir que el alcohol no le afectaba. Maldito hablador, solo me confunde y se larga. Me niego a admitir que es muy encantador... ES UN EXPERIMENTO. ES UN EXPERIMENTO.

Además, es mi amigo. Un amigo con muchas libertades... Si supiera que soy peor que él en mi mente se asustaría tanto... ¿O le gustaría?

Okey, sí. Mi amigo es muy guapo. LO ADMITO. PERO SI SE LO DIGO, NO VA A CALLARSE JAMÁS. Tendré que callarlo a golpes o a besos, lo que sea adecuado. Voy a despertarlo con un beso para arruinar nuestra amistad.

Siento que me estoy ahogando. Me duele la cabeza y estoy tentado a despertarlo porque me parece desconsiderado de su parte haberme dejado así.

Dakho

Estoy eufórico. Agitado. Hambriento. Sus labios son apetitosos.

Maldita sea, estoy hablando de él como si fuera comida. Esto es peor de lo que pensaba. Es biológico. Voy a morir.

Ahora que lo pienso, nunca había sentido esto. No lo proceso. ¿O no quiero aceptarlo?

¿Está mal admitir que me pone nervioso «ese» actor de la televisión? Por supuesto que me gustan las mujeres. Es solo que no puedo dejar de pensar en él.

Tuve una reacción corporal inesperada y necesito ponerlo en palabras simples:

Soy un hombre insatisfecho por la ausencia de otro hombre.

<u>Mierda.</u>

//

Finnian Taylor y su latente homosexualidad:
Me siento atraído a un «Él».

///////////////////////

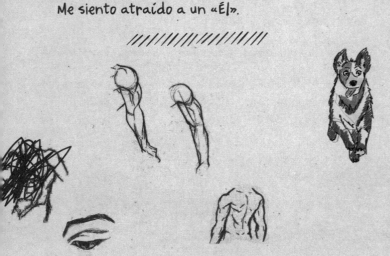

Si el tiempo es una línea recta, al regresar, el sujeto creó una segunda línea para cambiar la trayectoria. Aunque no haya un cambio notorio y tangible, que sus recuerdos sigan cambiando demuestra que cada acción suya, cada decisión en la que influye de forma directa o indirecta crea más y más realidades alternas.

Línea 1: Todo sucede según su curso.
Línea 2: Todo sucede según la intervención de Dakho.

Hablar de una segunda o incluso una tercera realidad era ampliar la posibilidad de una solución relativamente correcta. Si el sujeto cambia eventos significativos de su pasado y esos influyen en su presente espacial, ¿qué tan reales son?

Paradojas; contradicciones. Las nuevas vivencias de Dakho afectan las memorias sobre su pasado, lo que significa que está, de alguna forma, en contacto con otras versiones de sí mismo. Tiene dos pasados, pero ¿solo un futuro? ¿Un futuro que es mi pasado y nuestro presente espaciotemporal actual?

Dakho está vivo y muerto.

Un estado cuántico. Energía. Absorber radiación.

Si tiene sentido, serían millones de otras líneas temporales que se contradicen entre ellas.

Nos detuvimos por unos
souvenirs.

San Francisco California St. Hill
Looking West from Merchant's Exchange
(from original R. J. Waters photo)

Han Dalpho y San Francisco
Segunda contradicción

Pérdida de la noción de la realidad, profundidad y distancia.
Cambio de perspectivas, recuerdos. El sujeto intenta preservar
memorias que afirma que fueron
reales.

Su autocontrol parece derivarse
de su subconsciente, por lo tanto,
este también cambia.

SANFRANCISCANA   HISTORICAL POSTCARD 130

Respiración y pulsos car-
díacos altos = aumento en
las frecuencias de circuitos
cerrados.

¿Magnetismo?

Evaluación física semanal:
Oral (literalmente).

PUBLISHED BY MARILYN BLAISDELL. © 1980 CLIFF HOUSE, SAN FRANCISCO 94121

➤ Bitácora personal: ¿cómo debería ser?

¿Es normal sentir tanta culpa siempre?

Si lo es, ¿por qué parece que las cosas me afectan más que a otros?

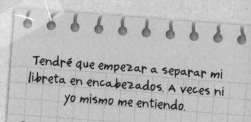

Tendré que empezar a separar mi libreta en encabezados. A veces ni yo mismo me entiendo.

Esto de «las primeras veces» me ha tenido pensativo desde hace un par de semanas. Por ejemplo, hoy me fugué de mi casa. Y, aunque no fue la primera vez que lo hago, sí fue la primera vez en la que tuve compañía.

Visité San Francisco. Dakho está intentando recordar parte de su vida. Creo que está olvidando cosas y no quiero suponer que nuestro experimento le ha hecho daño, pero creo que así fue. Primero todo fue divertido. Es una increíble pareja de viaje. Dakho puede ser irritante a veces y algo inapropiado, pero esta vez... parecía perdido, fuera de sí mismo por un momento. Antes, cuando lo conocí, hablaba de una vida muy solitaria. Hablaba de sentirse ajeno y triste. Dakho estaba solo. Esta mañana, la versión que cuenta de su vida fue diferente. Me contó que tenía un amigo, su nombre era Dominic; pero las cosas que menciona no son del todo buenas.

¿Qué cambiamos para hacer a Dakho miserable?

<u>No lo sé.</u>

Y estoy preocupado por ello.

¿Qué tienen que ver las primeras veces con eso? Mientras estábamos en el auto pasaron «cosas». Hablamos de todo un poco, como siempre, no se me dificulta conversar con él. Ha estado contándome acerca del internet, sobre lo fácil que es conocer personas gracias a él. Y de momento pensé: «Wow, el pánico que me ahorraría interactuar solo con la pantalla». Luego me contó sobre un tipo en su ciudad natal. Lo llamaba por su nombre, pero, por cómo lo describió, estoy seguro de que se trataba de alguien mucho mayor.

Dijo que solían conversar mucho por internet y que él le compraba cosas. Se reía, pero... me causó escalofríos pensar en lo que el sujeto obtenía de él por darle un poco de atención a Dakho. Me contó de la vez que se juntó con otro sujeto que conoció por internet, que estaba emocionado porque les gustaba la misma banda, tenían el mismo horario y que fueron al mismo concierto; pensé que era una buena historia, pero terminó con que lo hicieron en los baños de la estación de tren hacia Seúl. Por supuesto, no volvieron a hablar. Al chico nunca le interesó hablar con él y todo el interés y las cosas que compartieron se quedaron así, como si en realidad nunca hubiesen tenido alguna conexión emocional. No lo entiendo. Dakho dijo que, después de eso, se fue de regreso a casa en el tren y cuando llegó se hizo un té y se duchó como si nada hubiera pasado. Mencionó por error que la ducha tomó tres horas y se corrigió de inmediato como si no le importara.

Dakho cree que las personas solo pueden amarlo cuando obtienen algo de él. A los hombres con los que sale les gusta sentir que tienen poder sobre él. Él los hace sentir así. Pensar que tenía quince años cuando salía con ellos y que no haya querido decirme cuándo fue «la primera vez» que hizo algo así me ha dejado un mal sabor de boca.

Luego la conversación escaló y no estoy orgulloso de lo que voy a decir: tengo muy poco autocontrol.

He tenido múltiples dudas sobre la forma en que mi cuerpo reacciona y me dejé llevar por el momento. Fue la primera vez que me encontré en esa situación, la primera oportunidad y decidí tomarla. Pero él no siguió hasta el final. Y, aunque no hubo un acto como tal (si puedo llamarlo así), sí hubo cierto avance. Experimenté vergüenza por primera vez por mi cuerpo. Por otra persona tan cerca de mí. Por eso repito: ¿es normal sentirse tan culpable después de_____? ¿O es una cosa de las primeras veces?

¿Me arrepiento? Parcialmente. Me hiere pensar que Dakho quería, de alguna forma, «compensarme» por ser bueno con él. Si pudiera elegir, me cerraría por completo a la idea para que él no creyera que «acepté» tal retribución.

Pero también me dejó una sensación de satisfacción extraña (más allá de la física, obvio). Nunca había sido tan impulsivo como ahora, como hoy, como él. Hay algo emocionante en lo desconocido, algo que me

Dakho

Dakho

consume y me arrastra hasta saber qué hay más allá
de las cosas. Hoy sentí culpa y entusiasmo. Es como
estar drogado.

Cometimos un error.

En mi comunidad le dan mucha importancia a la rec-
titud. Todo debe ser inmaculado. Y creo que eso no
cambiará en mucho tiempo, porque le han hecho sentir
a Dakho que no vale nada, como a las mujeres en la
iglesia, como a los raros en el condado...

Pero al final del día, y después de todo eso, cansado y asustado por mi reacción, era el mismo Dakho
de siempre. El Dakho que...

Ama a David Bowie casi tanto como yo.

Arruga la nariz cuando está molesto.

Es terrible para jugar a las adivinanzas.
También con los mapas y las ubicaciones
en general.

No sabe dónde est

O━┿━E

Siempre quiere
tener la razón

No podré volver a verlo comer helado de
la misma forma; pero espero que sepa que
nunca valdrá menos para mí.

Él y yo somos extraños; me hace pensar
que puedo ser normal a su lado.

¿Cuál ha sido el mayor efecto mariposa
de mi vida?

Salvar a otra persona el día de la
tormenta.

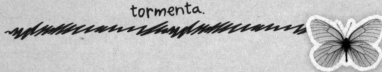

ESTO QUE VIVES JUNTO A DAKHO ES UNA «SEGUNDA LÍ-
NEA», PERO ¿NUNCA TE HAS PREGUNTADO QUÉ HABRÍA
PASADO DE NO ENCONTRARLO? TUS HISTORIAS CON
APRIL Y DAKHO SON PARECIDAS, EN MUCHOS ASPEC-
TOS, EL PRINCIPAL ES QUE TE ENAMORASTE DE CADA
UNO DESDE EL DÍA EN QUE DECIDISTE SALVARLOS. EL
SEGUNDO, QUE ESO NUNCA TERMINA BIEN.

NUESTRA PELOTA DE BÉISBOL TERMINÓ CERCA DE LA
CALLE. PUDE HABERLA TOMADO, PERO RODÓ CUESTA
ABAJO Y LA PERDÍ DE VISTA. DESPUÉS DE TANTAS
LÍNEAS... AÚN NO SÉ SÍ SE INFLUYÓ EN ALGO. TAL VEZ
DEBÍ IMPEDIR QUE SE PERDIERA.

ME ESTOY RIENDO MUCHO DE LO QUE DICE ESTE POBRE
NIÑO INOCENTE.

Creo que a Haru le gusta mi hermano.

Ah sí, secuestraron a mi hermano. Y unos loquitos nos andan persiguiendo para matarnos.

Pero necesito plantear lo primero o no podré dormir. TIENE RELACIÓN con la amenaza. LO JURO.

Cuando volvimos de nuestra excursión, Haru estaba en mi casa, preocupado porque algo le había pasado a mi hermano. Sí, Haru sabe que Dakho y yo tenemos... una amistad peculiar. No pudimos ocultárselo por mucho tiempo, se la pasa pegado a nosotros, es como si hubiésemos adoptado un bulldog francés. Hablando sobre amistades peculiares, nunca tuve un punto de comparación para decir si lo que Haru y mi hermano tenían era un fuerte vínculo o una forma de atracción. ¿Quizás ambas?

Fuimos a buscar a mi hermano al bosque, justo a donde yo encontré a Dakho.

Dakho tuvo una sobrecarga y se desmayó. No sé cuántas veces más vaya a soportar tener una reacción de esa naturaleza. Tiene la misma energía que la del lago. Entre más se acerca a él, este busca repelerlo a toda costa. No pudimos acercarnos lo suficiente. Encontramos a mi hermano sucio y herido. Lo secuestraron y él escapó, dijo que lo presionaron para que dijera «dónde estaba», pero Sean no tenía idea de lo que preguntaban. Era obvio que estaban buscándome a mí. A nosotros.

Mi hermano se robó una carpeta de información de «el hospital» donde lo tuvieron encerrado. Afortunadamente pudimos volver con Sean a salvo. Pero mis sospechas se confirmaron: alguien trajo a Dakho del futuro.

Mi hermano estaba alterado y Dakho inconsciente. Nos escondimos en la casa de Haru, pero no supe responder sus preguntas.

Hace un par de años, mi hermano comenzó a tomar relajantes musculares. Dijo que era por la presión del juego, pero tomaba tantos que en un par de ocasiones quedó inconsciente y pasó varios días desorientado, como si no recordara lo que hizo. Hoy me aproveché de eso y le hice creer que estaba alucinando. ¿Soy también un mal hermano?

Tuve que decirle la verdad a Haru. ¿Qué se supone que debí hacer? No puedo lidiar con ellos dos al mismo tiempo. Por fortuna me creyó, tuve que pedirle su ayuda para mantener lejos de nosotros a mi hermano, pero eso y su reacción me hicieron darme cuenta de que la dependencia de mi hermano a los fármacos comenzó casi al mismo tiempo en el que dejaron de ser amigos.

Nunca me atreví a preguntar por qué. Creí que fue simple distancia. Es confuso. Porque, aunque se «odien», Haru aparece genuinamente preocupado por Sean. Se reclaman cosas que no entiendo y se ven como si... algo. No sé qué es o qué fue, pero ahora siento que hubo algo más que solo «nada» entre ellos.

Dakho

20 de septiembre de 1986

La vanidad es agotadora, por eso no pierdo el tiempo pensando en cómo me veo. No les aporta nada a mis objetivos enfocar mi energía en mi físico. He aprendido a ignorarme tan bien que, con frecuencia, olvido cuál es mi aspecto verdadero, a tal punto que mi reflejo en los autos y en las vitrinas rompe abruptamente la idea que tengo de mí mismo. Desde mi cuerpo hasta mi ropa, no me gustan los espejos porque no me gusta lo que veo. Me duele el pecho y la garganta al verme.

Me gusta tomar fotografías, pero evito salir en ellas desde... ¿desde...? No recuerdo cuándo fue que me hice consciente de que no soy fotogénico. No salí en el anuario del año pasado y ni siquiera me detuve a ver la fotografía de mis papeles para la universidad. Creo que la realidad es que nunca me he sentido bien conmigo mismo.

Hay una parte de mí que me obliga a comparar todo lo que me rodea; a veces, incluso termino comparándome con los demás. Hace unos días, Dakho me tomó una fotografía y hoy, cuando me digné a verla, volví a sentir eso. A sentir que no soy yo, que la idea que tengo de mí mismo no es la que todos ven, ni quien soy a diario.

My mother says that I'm a handsome boy, but I don't wanna be handsome, I don't wanna be attractive. Me siento estúpido diciéndolo así.

Lo atractivo y lo bello no obtienen la admiración que deseo. Las miradas rápidas no me satisfacen, quiero toda la atención del mundo.

Quiero ser bonito como el otoño, como la brisa. Quiero sentir que lo distinto es hermoso, porque yo soy distinto.

La fotografía que Dalho me tomó en San Francisco es la primera que han tomado de mí en años. E insisto, no soy la imagen que tengo de mí. Pero es confuso, en ella el sol me tapa la mitad del rostro y estoy despeinado. Sentí que no era yo porque... el tipo de la foto es muy bonito.

El problema no es serlo o verlo. Sino ¿creerlo?

I just wanna ~~be~~ pretty.
       feel

22 de septiembre de 1986

No me gustan las tradiciones. Me hacen sentir atado.

Hay una parte de mí que siente que nunca ha pertenecido a ningún lugar. Ni a la tierra en la que nací, ni en la que he crecido. Siempre me he sentido ajeno a la familia que me crio. Sus ideas y sus tradiciones no son más que un constante recordatorio de que no me siento igual que ellos. Pareciera que he creado todo un lenguaje para que puedan entenderme porque, si me mostrara tal y como soy, con las cosas que pienso, con lo que siento y aspiro, ellos no lo comprenderían, así como yo no los comprendo.

No pertenezco ni me pertenecen.

En especial, la idea de pertenecerle a alguien me parece burda y anticuada. ¿Qué debería hacer, entonces, si alguien dice ser mío? En especial, si lo dice sin saberlo. Honestamente, no creo que Dakho entienda lo que significa regalar la pelota del partido en este pueblo, en especial, después de haber ganado un juego. Hacerlo es un fuerte y claro «te pertenezco».

Si supiera la magnitud de la declaración que hizo, ¿la habría hecho de todas formas?

Dakho peca todos los días por ignorante, y yo no debería sentirme tan a gusto con ello.

Hoy he caminado con él por el bosque y nos desviamos tanto del camino que llegamos hasta un viejo árbol en el que alguna vez Sean convenció a mi padre de colgar un columpio. Es el único recuerdo bueno que tengo sobre las cuerdas, y por algún tiempo pareció ser el único; creo que hay recuerdos que me duelen lo suficiente como para que haya elegido olvidarlos. No me gustan las tradiciones porque me atan de la misma forma en la que mis padres me ataban cuando era niño. Me asfixia la idea de pertenecer porque significa que algo en mí debe ser igual a quienes me hieren.

Si él me pertenece, significa que soy capaz de dañarlo. Dakho no entiende que pertenecerme es darme la potestad para herirlo. Hoy mientras jugábamos en el bosque me sentí pequeño, inquieto, porque siempre fui un niño desastre.

Sé mucho sobre reparar porque sé cómo romper. Incluso, mientras estábamos en el columpio, la cuerda que
nos sostenía se rompió por el peso. Al final es como
siempre ha sido:

Todo lo que me pertenece termina roto.

Finnian Kim y su latente homosexualidad

Han pasado cincuenta y dos días desde que inicié el
experimento, tantos como para comenzar a cuestio-
narme a mí mismo. Un efecto colateral es inminente,
pero no sé hasta qué punto sea real. En mí.

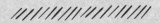

Bitácora personal: «Soy más idiota de lo que creí».

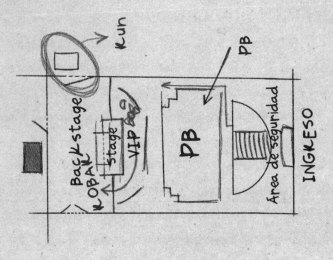

30 de septiembre de 1986

Necesito dinero. Eso de que «vivimos en un mundo mate-
rialista» no es solo cosa de Madonna. Según mis cuentas, necesito ampliar mis fuentes de ingresos pronto.
A este paso dejaré sin fondos mis ahorros pro «escape
del pueblo». El crédito mensual conmigo mismo está
sobresobregirado, porque me he prestado demasiado
dinero para cosas que Dakho necesita.

Ayer lo llevé al centro, recién abrieron una tienda
por departamentos y, bueno... Estoy endeudado conmigo mismo. Pero, viéndole el lado positivo, ya le devolvi-
mos su ropa a mi hermano.

No me quejo; de hecho, me gusta comprarle cosas a
Dakho. Yo jamás he sentido entusiasmo por las compras,
gastar en mí me cuesta demasiado, odiaría que me
compren montones de ropa o tener que hacerlo yo. Odio
el solo hecho de tener que usar los vestidores. Pero él
pareció disfrutarlo. Somos tal para cual. Yo le compro
de todo y él lo modela con gusto. Dios mío, soné como si
tuviera por esposo a una chica «bimbo». PERO, PERO
con eso de su rutina de ejercicios, su dieta especial y su
humor extravagante... Voy a joderlo tanto con eso.

Además, actualicé su información física. Cuando
llegó aquí media de hombros 48 centímetros de ancho,
ahora mide 53. ¿Es un efecto colateral? Apuesto a que
sí. ¿Me complace? Demasiado.

Tengo que admitir que tengo cierto... gusto por su espalda. Mientras me cuestiono mi orientación sexual, me doy cuenta de lo evidente que pudo ser. Hoy en la tienda recordé el día que descubrí una «Vogue» de los 70 y unos catálogos de ropa en la sección de hemeroteca.

¿Para qué me robé una vieja revista «LIFE»? Claro que no fue por James Dean... Yo tenía como doce y él era muy cool. Hoy me di cuenta de que tal vez, tal vez me gustaba porque vestí a Dakho igual que él SIN QUERER, ¿okey? ¿Estoy admitiendo que me gusta Dakho o James Dean? Ya que estamos en eso, también me gusta Harrison Ford, ni me gusta tanto «Star Wars», me gusta él. Y Dakho... Me gusta Dakho. Soy capaz de comprarle todas las camisas de la tienda con tal de hacer que se las pruebe todas.

> ## Finnian Taylor y su latente homosexualidad
> Hombre, soy un degenerado.

5 de octubre de 1986

Tomé como documentos de apoyo las hojas de la carpeta que mi hermano se robó del laboratorio. Estas tienen planos, cálculos y muchas anotaciones empíricas, están escritas en un hangul antiguo que ni yo ni mi

(Me referiré a Haru Moon como mi asistente por razones de seguridad).

asistente entendemos por completo. Si le pidiera ayuda a Dakho, él me traduciría con gusto todo, pero no es conveniente darle tanto conocimiento de sí mismo.

Las palabras «gusano» y «salto» se repiten una y otra vez. Y yo me pregunto: ¿crear un agujero de gusano no rompería todo el plano habitable? Cuánto habrían utilizado, cómo hacer que la energía se auto-contenga si la energía pura no existe...

Peor, ¿es autosustentable? Más masa es igual a más peso y, por lo tanto, necesitaría más energía.

→ 1.1. El IMC del sujeto es aproximadamente 20.5-21 y para separar el hidrógeno del agua se necesitan +1,229 V.
Tomando en cuenta eso, ¿qué hicieron para «separar» la masa de Dakho? ¿Cuánta ENERGÍA, cuántos voltios necesitaron para hacer que funcionara? PEOR, ¿cómo hicieron para conseguirlos? El hiperespacio y el tiempo curvo a través de dos bocas de densidad...

→ 1.2. La energía afecta al sujeto mental-mente. Ya establecido el hecho de que sus re-cuerdos cambian, su personalidad y estado mental también. Su salud mental se está deteriorando a pasos agigantados.

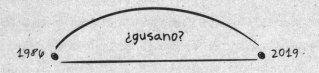

¿gusano?

1986 ● ————————————— ● 2019 ·

La teoría de la relatividad propone que todos los momentos son igual de reales, así hayan pasado cinco minutos o cinco mil años, esto considerando las cosas a gran escala. Cuando la física cuántica comienza a ser parte del problema, todo empieza a descontrolarse.

Lo que percibimos como tiempo no es más que la evolución de la conciencia. Y lo que percibimos como real no es más que nuestra conciencia explorando todas las posibilidades del universo a un ahora pasado.

El objetivo de esta prueba es recrear las condiciones de llegada del sujeto. Para ello se ha elegido un espacio de mayores dimensiones con respecto a la primera prueba. Para ello se colocarán cuatro parales que puedan simular a los pararrayos y se ha realizado un cableado alrededor del perímetro de ejecución.

Menciones recurrentes del sujeto:

Sujeto 2: Han Yugyeom (padre biológico de Dakho)

56 años. Dirige una empresa de exportaciones (que le pertenecía a su suegro). Incluso cuando su propia empresa familiar lleva en números rojos desde el 2005, el abuelo eligió a Yugyeom para que lo sustituyera tras su jubilación, antes que a «su hija la divorciada o su nieto el marica».

Sujeto 3: Dominic Heart

Dominic ¿T.? Heart
Dominic T. Heart

Lugar y fecha de nacimiento: NY, 1 de agosto del 2003

~~Querido diario~~ Querida bitácora: estuve en la cárcel.

Estuvimos en la cárcel y, aunque esto no suene bien, creo que siempre he tenido más potencial como criminal que como científico. Es gracioso que la primera persona en la que pensé para pedir ayuda también haya terminado encerrada con Dakho y conmigo. ¿No es eso raro? Que haya pensado en mi hermano antes que en mis padres... No lo sé. Creo que, de cierta forma, es lógico: mis padres me reprenderían más que él. Les tengo temor, claro. Pero respeto... Respeto a Sean Grace más de lo que respeto a mis padres y no es por menos, cuando pienso en los momentos importantes de mi vida, pienso en mi hermano mayor antes que en mi padre. Y si pienso en las veces que me han herido, es Sean quien siempre me cura, no mi madre.

Cuando lo vi entrar a la celda porque lo habían arrestado también, algo en mí se quebró. No fue doloroso, tal vez escogí mal mis palabras: fue como si se me cayera una venda de los ojos. Mi hermano estaba borracho y hablaba muchas tonterías, lo vi al lado de Dakho, los vi bromeando y reconocí que mi hermano es apenas un par de años mayor. Mi hermano es igual de joven que nosotros y ha actuado como mi padre más veces de las que mi padre lo ha hecho para nosotros. Él no tenía la obligación de cuidarme, pero se excedió tanto en su labor que terminó por criarme. Luego recuerdo que, en el futuro, es padrastro de Dakho y recuerdo la forma molesta en la que pretende ser parte de su vida... Pienso que mi hermano está maldito.

Sean es como Abraham. El padre de las naciones, mi hermano está ligado a todos nosotros de una forma extraña y dolorosa. Si la historia es una telaraña con muchos hilos, es mi hermano quien está en medio de todo y sus decisiones nos afectan a todos.

Si fuera una película, no habría duda de que mi hermano es el protagonista. O lo era.

Pensando en esto, Dakho sería el nuevo protagonista. Y lo curioso del asunto es que Dakho sería entonces su propio antagonista.

Han Dakho.

Me preocupa lo que estar aquí le hace a su mente. Hace unos días tenía iniciativa y mucha energía. Estos últimos días ha llorado muchas veces, me ha contado cosas tristes, bueno, más tristes de lo que sus anécdotas ya eran. Se queda despierto toda la noche, aterrado con la idea de cerrar los ojos porque lo que ve en sus sueños son cosas malas. Es gris, todo gris. Y yo lo entiendo. Habla de lo insoportable que es para todos, de la pena ajena que sienten al verlo. Es la necesidad de agradarles a las personas un peso tan grande que lo asfixia. Eso de anhelar la aprobación de gente mayor... hasta hace poco descubrí que yo también lo siento.

Hubo un maestro hace muchos años que hacía y me decía cosas inapropiadas. Nunca se lo he contado a nadie, aun así, agradezco que Sean nunca me dejó solo con él y ahora que conozco a Dakho, me doy cuenta del peligro en el que estuve. Eres divertido cuando eres ingenuo, supongo. Eres interesante para los adultos equivocados a los trece...

El caso es... Dakho y yo somos parecidos en tantas cosas.

Somos tan parecidos que nuestras diferencias resaltan más de lo usual. Para mí, al menos.

Me hizo una buena pregunta esa noche: «Si supieras que morirás, si supieras que no te queda mucho tiempo... ¿qué harías?». Dakho siempre bromea con la idea de morir. Y es irónico porque, en contra de todo, si tuviera la oportunidad de elegir, sé que Dakho no elegiría la muerte. Aunque sienta que se muere, se aferra a la idea del día siguiente como nunca creí que alguien podría hacerlo. Es demasiada luz, mucha esperanza.

Yo, por otra parte, sí lo haría.

Lo haría y me avergonzaría de ello. Desde niño me duermo y me despierto con dolor de cabeza, el conteo de las veces que he fantasiado con darme un tiro cuando siento que no puedo más es inquietantemente extenso. Y las marcas de la tijera que me he dejado en el cuello cuando me corto el cabello nunca fueron mal pulso. No puedo matarme. Hacerlo sería como fracasar para mí y no soporto el fracaso.

Me destrozaría saber cuándo voy a morir porque significaría que, después de todo, sí tengo un límite. El problema es que no sé qué tan lejos está. Lo más difícil de saber que moriré sería tener que aceptarlo. La resignación me haría más daño que la muerte. La noticia me haría sentir mediocre para respirar. Es confuso.

Le dije a Dakho que lo que haría sería salir a pintar la ciudad y correr, correr tanto y tan lejos que olvide que he perdido. Haría mil cosas en contra de las reglas y las personas que he seguido toda mi vida.

→ Dakho solo quiere ser especial. ←

Ese chico no sabe, no dimensiona... Dakho no imagina lo especial que es para mí. Y lo especial que hizo esa noche para mí.

Como chivo expiatorio, le dije que quería pintar la ciudad y terminamos llenando de grafitis el ayuntamiento. Eso nos llevó a prisión, claro, pero es un magnífico recuerdo. Tuve que reintegrarle el dinero de la fianza a mi madre, pero son detalles; al menos me cumplió mi deseo.

Si le hubiera dicho que quería huir con él, ¿lo habría cumplido también?
Si le hubiera suplicado por un beso frente a todos, ¿se habría arriesgado a hacerlo?

Es un hombre diferente a todos los que conozco. Él no alardea de ser invencible, de no tener miedo. Dakho podría estar asustado y temblando de miedo y aun así saldría en defensa de cualquiera que lo necesitara. Es valiente como siempre quise serlo. Y lo mejor es que me demuestra que yo también puedo serlo.

Es tan egoísta de mi parte querer que se quede. Después de haber ido a la cárcel no estoy en posición de decir esto, pero a veces siento que Dakho me hace un mejor hombre.

Con Dakho siento que soy más fuerte.

> **Finnian Taylor y su latente homosexualidad:**
> Siempre me he sentido diferente, pero ahora no tengo idea de lo que quiero.
> **Creo que realmente quiero besarlo.**
> Me gustaría saber si él piensa lo mismo... de mí.

¿Quién soy?

10 de octubre de 1986

Creo que me gusta el arte. El drama, el romance... Jamás pensé que lo disfrutaría tanto.

He estado ayudando a mi amigo Haru con sus cosas del teatro, y se siente bien.

Tener más amigos se siente bien (amigos de mi edad). Haru reescribió un libreto de «Romeo y Julieta»,

y está montando una
obra de teatro para
su solicitud de univer-
sidad. No soy fan de
esas escuelas de arte;
me ofrecí en forma
sarcástica como actor
y me dio el estelar.

Ahora, además
de científico, soy Romeo. Aunque siendo totalmente
honesto, aunque me gusta mi papel, me encantaría tener
el de Julieta. Sus diálogos, sus expresiones. Culpo a Haru
por escribirla así de bien. O a Shakespeare, que es casi
lo mismo.

19 de octubre de 1986

Siempre tengo un plan. Toda mi vida se basa en organizar las cosas para que sucedan exactamente como yo
quiero, las cosas que quiero...

No sé qué quiero.

Hace un par de meses que varias cartas de las
universidades a las que apliqué comenzaron a llegar
a mi casa. Han estado ocultas bajo el colchón de mi
cama por algún tiempo porque no tengo el valor para
abrirlas. Miento. Abrí una, la que tenía el logo de la
universidad que visité en verano.

Con todo lo que sé, con todo lo que soy, en otras circunstancias habría comenzado a preparar un plan para irme. Habría preparado mis documentos, les habría dado la noticia a mis padres; pero no he sido capaz de hacerlo. La carta decía que mi solicitud había «destacado», que debía responder la carta cuanto antes para tener una entrevista con respecto a «temas particulares» y, aunque no lo especifica, es solo cuestión de tiempo para que me ofrezcan el cielo, la tierra y el mar... Estoy exagerando. Pero he tenido tantas oportunidades de sobresalir en la vida que sé reconocer perfectamente a qué se refieren con «particulares».

Se lo conté al único colega que he tenido la última vez que lo vi y, aunque no supe cómo explicarle por qué pensaba renunciar a mi sueño, lo entendió de inmediato. Luego me contó sobre su esposa y me dijo que había visto a las mejores mentes de su generación arruinar su vida por una persona. Se empeñó en recordarme los años, los meses en los que trabajé hasta el cansancio para irme del pueblo y luego me hizo enviar mi solicitud.

Lo hice aun con Dakho aquí y ahora no sé cómo asimilar esa respuesta. Esa carta no solo me invita a entrar a la universidad, sino me insinúa el financiamiento de mi investigación de pirita. «El oro de los tontos» podría convertirse en oro de verdad para mí. Pero ahora... eso es insignificante. Convertir la pirita en energía era muy ambicioso, pero es nada comparado con mi investigación actual.

En otra línea de tiempo, me enfocaría por completo en encontrar la estrategia perfecta para lograr el proyecto que cambiaría mi vida. Pondrían mi nombre en periódicos, en medallas. ¡Sería quien siempre quise ser! En lugar de eso, estuve planeando un robo. Observé a mi hermano por días hasta encontrar el momento perfecto para convencerlo de darme los boletos de contrabando al concierto más esperado de la ciudad. Hice planos. Medí el lugar del evento, me hice amigo de los guardias... Me aprendí las canciones.

Y cuando llegó el momento, pasé el día inquieto por no saber qué usar, por cómo peinarme... Por tener a Dakho a mi lado mientras la mejor canción del mundo sonaba. Ir a ese concierto era un plan de robo, lo que es la excusa más tonta para decir que planeé la cita perfecta sin proponérmelo.

Las luces del escenario iluminaron más que solo el campo. Dakho es espectacular, siento que brilla. Aunque lo pierda entre la multitud, siempre logro encontrarlo. Y me asusta, me hace pensar que eso que he buscado toda mi vida habría estado incompleto sin él a mi lado.

Estoy deslumbrado. Estoy adolorido. Su presencia me enceguece con tanta facilidad que no sé hacia dónde debo ir. Me encuentro a la deriva, sin poder avanzar en cualquiera de mis planes y eso no me gusta porque siempre tengo un plan. No habrá ningún error mientras yo esté a cargo. Si el barco se hunde, yo los llevaré a la orilla.

Soy un hombre decidido, siempre con el objetivo claro. Pero cuando me besa, dudo hasta de mi nombre.

Dudo de quién soy, dudo de lo que quiero. Me olvido de cómo respirar y me sudan las manos.

No quiero aceptarlo, pero la explicación es obvia: lo quiero más de lo que debería, de una forma que no entiendo y para la que no estoy preparado.

No pienso responder esa carta. No sé cómo decírselo a Dakho. Lo único de lo que estoy seguro es que un nuevo comienzo suena cada vez más necesario. Nunca me gustó San Francisco, Málaga es muy diferente a mí, Oxford sonaba aterrador. Pero Boston... Boston me parece un buen lugar para comenzar de nuevo.

Siento que me estoy asfixiando. ¿Por qué no puedo confiar en mí? Mis decisiones parecen ir en dirección opuesta a mi felicidad, me ahogo y no sé si solo es mi cabeza la que tiene el afán de martirizarme o si realmente cometí un error.

Tener muchas opciones es igual de malo que no tener ninguna.

~~No respiro.~~

Colores que favorecen a Dakho:
Azúl mediterráneo aunque Haru diga que no.
~~Naranja~~

Han Dakho y... ¿sus secretos?

Lenguaje corporal cambiante. $\overset{A}{HD} \overset{B}{\cancel{E} 1986} \overset{C}{?}$

Extrema preocupación o pérdida del sentido de

importancia repentinas.

Empieza a crear una ilusión donde idealiza su

realidad actual.

Se siente parte de ella, ¿o realmente lo es?

Miente. ¿Por qué?   realidad= ¿percepción +

¿Qué oculta? $\cancel{L1}\ |\ \cancel{L2}\quad L1 \neq L2$ sentido común?

No puedo dejar de pensar que Dakho me ha mentido al
afirmar que no sabe nada de mí en el futuro. Él sabe
cosas y yo tengo miedo de preguntar.

22 de octubre de 1986

Cometí un error.

Sí. Lo escribí porque prefiero cortarme la lengua
y arrancarme todos los dientes antes que decirlo en
voz alta.

Concreté el experimento en el que habíamos estado
trabajando durante semanas. Terminé el generador y
lo puse a prueba con el sujeto. ¿Funcionó? Sí. Él me ha
dicho que sí, que recordó una parte de su vida que hace
tiempo había olvidado.

Funcionó gracias a que lo puse en riesgo a él, a mi asistente y a mí mismo.

Comprobé mi teoría: sus emociones logran que su cuerpo genere la suficiente energía como para moverse entre una línea de tiempo u otra. Es el avance más significativo que he tenido y lo conseguí causándole un colapso. Usando sus traumas infantiles, las cosas que me confió solo a mí para mi propio beneficio. Es como si Dakho tuviera una herida abierta y yo la lastimara a propósito para usar sus lágrimas como agua para saciarme, como si su sufrimiento fuera vital para mí.

Mientras más avanzo, más me doy cuenta de que mi propósito se ha corrompido. Quiero que Dakho se quede conmigo y sé que él quiere quedarse aquí. Pero ayudarlo a volver a su año es una mentira que nos decimos el uno al otro para justificar que yo quiero todo el conocimiento del mundo y que él ha comenzado a seguirme sin cuestionárselo.

Casi se muere ahogado en la piscina de la escuela por mi culpa. Soy un estúpido que no conoce sus límites. O peor, a veces me pregunto si los tengo.

Dakho está en mi cama, convaleciente, durmiendo serenamente sin ser consciente de los ~~horrores~~ errores que estoy cometiendo.

Dakho está tan acostumbrado a ser dañado que lo toma como una muestra de afecto. Las personas que han rodeado a Dakho desde que era niño no han hecho más que enseñarle a justificar el dolor, el maltrato.

Dakho se apega a quienes lo dañan y, por desgracia, creo que no soy diferente de ellos.

A veces me pregunto cómo fue que SunHee pasó de ser alguien tan maravilloso a decepcionarme tanto.

SunHee (mi amiga SunHee) es la persona más dulce y talentosa que conozco. Es bondadosa, compasiva. SunHee (la madre de Dakho) es indiferente, es rígida, es fría.

Cuando escucho las historias de Dakho sobre su familia, todo lo que oigo es a un niño que ama a su madre con todo su corazón rogando por la atención de una madre que, en el fondo, desearía nunca haberlo tenido.

Menos mal nunca tendremos una reunión familiar porque no sabría cómo contener mi cara de asco y mis deseos homicidas con el padre y abuelo de Dakho. Lo mío con ellos es personal. No los soporto. No los conozco, pero no los soporto.

Y mi hermano... Si intentó ser un buen padre conmigo sin que fuera su obligación, ¿cómo es que es tan mal padre para él? ¿Por qué quiso alejarlo? Mi hermano no es ese tipo de hombre, es bueno, incluso más bueno que yo. Me asusta pensar que le pasó lo mismo que a SunHee.

Me niego a aceptar que mi hermano es un hombre cínico, frío, duro de corazón. Estoy asustado de que esa sea la forma en la que el mundo funciona, que el futuro esté tan sucio y roto.

Tengo un gran futuro. Y no puedo seguir con la idea de cambiar el futuro de los demás si eso implica sacrificar a Dakho.

Mi éxito no vale su vida.
////////////////////////

Sí. He cometido muchos errores.

30 de octubre de 1986

En contra de mi voluntad, me he convertido en un hombre.

Tengo pensamientos y necesidades a las que no solía prestarles atención. Lo peor de todo es que, incluso si intentara satisfacerlos, algo en mí no me dejaría disfrutarlos tanto como debería.

Llevo algún tiempo preguntándome qué pasaría si avanzo con ese deseo absurdo de transgredir mis propios límites morales. Necesito saber qué tanto de mí y de lo que aún me queda de inocencia estoy dispuesto a perder por otra persona.

Allá afuera aún hay mucho que descubrir, por experimentar. Tanto por saber. Quiero conocerlo todo. Desde lo que hay lejos del pueblo, hasta lo que está en su mente. Lo que siente cuando me ve, cuando me toca, cuando no estoy.

Me urge confirmar que he tomado tanto de su mente como él de la mía, porque solo así sentiré que me pertenece.

Lo quiero solo para mí, que mi presencia lo abrume. Quiero comprobar que provoco en su cuerpo más que solo deseo. El deseo es algo volátil: quema, ciega, se extingue. Necesitar es agotador, puedo afirmarlo; pero contemplar es, a mi parecer, lo más _sensato_ cuando de amar se trata.

Se contempla lo que es interesante y lo que requiere sumo cuidado. Lo precioso e indispensable. Contemplar es admitir, después de mucho silencio, que hay divinidad en algo. O en mi caso, en alguien. Así que desearlo no me satisface; no me bastaría con tocarlo. Encuentro en su espontaneidad la misma brisa que busco al abrir la ventana por la mañana.

El sol me calienta el rostro al igual que su risa. Me provoca placer escucharlo.

Y las canciones que elijo cuando de él se trata tienen una melodía suave que se queda en mi cabeza por días, pues su letra parece escrita por mí, exclusivamente para que él la interprete.

Aun con todo esto, he de reconocer que quizás me precipité al confesar lo que pienso. Tengo el defecto de arrodillarme y rogar en el suelo por amor. No obstante, nunca aspiré a más. Mis amores son silencio en mi casa. Discreción con mi hermano. Negados ante todos.

No tiene sentido para mí hacer prosperar un nosotros cuya existencia está condicionada al silencio de ambos. Pero cuando me dice que me quiere, eso que me niego a aceptar es más que complicidad, me envuelve y me arrastra hasta el fondo de mis deseos.

Y esa forma tan peculiar en la que brillan sus ojos cuando habla sobre huir me demuestra que no puedo cumplir nuestro deseo. No aún. Pero que incluso si no lo logro y lo pierdo, estará en mí para siempre. Los recuerdos que llevan su nombre son los que me hacen sonreír sin pensarlo como si compartiéramos una sola mente, aun siendo tan diferentes.

Me permito ser honesto al decir que me dolería tenerlo lejos. Ya que más que acostumbrarme a su presencia, me deleito por completo en ella.

Lo que me confirma que es tarde ya. Por desgracia, al final de cuentas, lo deseo.

//

Han Dakho y sus ondas cerebrales

- Anteriormente se descartó la posibilidad de una lesión cerebral; mantener en observación.
- Podría repercutir en cambios de actitud; regulando su respiración y corazón.
- Sobrestimulado.
- Buscar información de ondas delta y theta.

//

Me jode mucho Halloween.

Es pura mierda. Hay descontrol, bromas pesadas y huevos desperdiciados por todos lados. Solo a gente popular, satánica e insoportable le gusta.

Oh, Dios.

Dakho ama Halloween. Ni modo, me veo en la obligación de ir a pedir dulces con él.

Su personalidad ha cambiado mucho desde el incidente del otro día. Está más feliz, más decidido y es enérgico. Creo que logró recordar una parte de su infancia, le devolvió la fe. La habilidad de creer que hay algo más en la vida que solo sufrimiento. Si el sufrimiento es inevitable, burlarse de la vida sería una buena forma de padecerlo.

La idea de salir no me fascina, aunque supongo que es divertido. Pero necesito confesar que no era lo que tenía en mente y tuve que hacer un reajuste en mis planes. Porque esta noche, sin mi hermano y mis padres en la casa, es la noche.

Ya lo decidí (solo falta que él lo sepa).

No hay forma sensata de describir lo que siento.

Siento frío en el pecho. Es como si estuviera abierto, como si me hubieran arrancado el corazón.

El dolor es tan grande que ni siquiera puedo padecerlo. Tengo la sensación de que me pierdo poco a poco. Estoy cayendo sin haberme soltado.

Estoy agonizando.

Anoche, Dakho me habló del día en que cayó al lago, de la conversación previa con mi nombre en ella y de la lástima que sintió cuando su padrastro cojo que nunca llegó a ser beisbolista le contó que su hermano estaba muerto. Para él, llevo mucho tiempo muerto. Siempre supo que yo iba a morir. ¿Intentó impedirlo? Era más importante fastidiar a los demás. Fui traicionado por Dakho. Mi garganta está rasgada de tanto maldecirlo. Lo aborrezco, lo odio. Lo odio, lo odio tanto. Tanto que quiero vomitar.

Una vez me dijo que él sería incapaz de hacerme derramar una sola lágrima y no lo cumplió, porque su silencio me ha hecho llorar sangre, tragarla y ahogarme en ella implorándole misericordia a un Dios en el que no creo.

Es falso. Todo es falso. Soy patético, ingenuo. Crédulo.

Debí suponerlo, ¿no? Todo esto de la muerte, las aspiraciones, de «la vida como si no volviera a repetirse». Las señales estaban ahí y yo no quise verlas.

Soy su acto de caridad. Me tiene lástima y yo ~~hablándole de amor.~~

Él sabía desde el primer segundo que yo no tenía futuro; yo le creí desde ese mismo instante. Quise creer que era especial por primera vez en mi vida, que alguien, por una sola vez, no esperaba obtener algo de mí.

Lo peor es que soy consciente de que yo mismo me he traicionado.

Me siento usado. Y aunque odie lo que hizo, necesito creer que me quiere. He intentado convencerme de lo contrario, pero no puedo.

Es mentiroso y egoísta como el resto de los hombres.
Es mentiroso y egoísta como yo lo soy.

Lo detesto, <u>no lo soporto.</u>

Me destruyó el mundo en un minuto.

He contado los días desde que llegó y ~~solo~~ puedo pensar que tuvo 133 920 oportunidades para decirme la verdad, pero no lo hizo. No me importa si lo intentó. Para Dakho debió ser fácil mentirme en la cara, estoy muerto para él desde que me conoce. Seguramente la angustia que me ha provocado es lo que acabará conmigo.

Me siento enfermo. De él, de mí. De <u>nosotros.</u>

Ahora veo mi futuro y el de mi hermano más claros que nunca: él será un lisiado miserable y yo un montón de huesos.

¿Cuál «nosotros»? No lo hay, pero no quiero aceptarlo. No quiero llorar por un nosotros que nunca habrá.

Me siento inconsolable porque el único que podría calmarme es él y no quiero que lo haga. No quiero verlo, no quiero escucharlo. No quiero que se justifique, porque le creeré. Le creeré porque estoy ciego. Solo quiero estar solo y olvidar las últimas semanas.

Por favor, si ya me arrancó el corazón, que se lo coma y se largue de aquí de una vez.

Espero que mi odio compense el amor que nunca supe cómo demostrarle.

Porque lo **odio.**

Y me odio a mí también.

1 de noviembre de 1986

Tengo sentimientos encontrados.

Una parte de mí, esa en la que he confiado toda mi vida, se siente a la deriva. Solía pensar que, aunque todo estuviera mal, siempre habría un mañana para intentarlo de nuevo. Ahora es al contrario, un día simplemente no habrá nada más. Ese día podría ser mañana.

Para mí.

Todos morirán. Pero yo estoy muriendo desde anoche.

Es algo lógico. No es algo que nunca haya tomado en cuenta, es que no creí tener que pensar en ello al menos por un buen rato. Eso me abruma, me perturba.

Odio los imprevistos. De ahí que tenga mucho dinero ahorrado, porque algo podría presentarse. Aprendí primeros auxilios, conozco todos los hospitales del sector y me sé las pólizas de seguro de memoria en caso de emergencia, pero esto es peor... Es una catástrofe.

Mi parte racional y lógica, la que siempre sabe qué hacer, está paralizada de miedo. Y mi parte emocional, la que usualmente me mete en problemas, me impulsa a estar eufórico, ansioso, desesperado.

No lo sé. Quiero saberlo, entenderlo.

El yo del que me avergüenzo tiene el control de mí y saca a flote el montón de polvo que he empujado al fondo de mi cabeza.

Me niego a aceptar que tendré un final diferente del que deseo. Solo me queda fingir que no sé nada porque ¿de qué me sirve saberlo si no sé cómo detenerlo? Mi buen juicio me dice que debo irme de la ciudad, que sea egoísta y olvide a todos a mi alrededor, hasta a Dakho. Pero soy débil y sentimental. Me quiebro ante las disculpas de las personas porque yo jamás podría pedir perdón. Yo preferiría la condena a tener que admitir que me equivoqué.

Anoche sentí que era el fin del mundo y, por desgracia, confirmé que no lo era. El sol salió igual, la cocina huele a lo mismo, la risa de mi hermano sigue ahí. Escribo esto con la ducha encendida de fondo, porque dormí con un hombre y me he despertado a su lado como si nada hubiese pasado, como si sus disculpas lo hubieran eximido de mi juicio.

Anoche lo maldije y deseé tenerlo lejos. Hoy desperté y le juré una vida juntos por un buen rato.

Y pienso, si ambos sabemos que no llegaré muy lejos, ¿qué se supone que prometemos? Hay, si acaso, valor en las cosas que no podemos cumplir. Es una mentira mutua en la que creemos ciegamente.

Me he creído el más sensato toda mi vida y ahora prometo cosas imposibles.

A este paso, me volveré loco.

Anoche sentí que me moría, pero no lo hice. Ahora tengo que aceptar la realidad que he estado ocultando por mucho tiempo y por la que he decidido fingir demencia:

Finnian Taylor y su latente homosexualidad

Estoy enamorado de un «él».

No contarle nada **PERSONAL** nunca más a Haru (el muy hijo de puta dijo que, si hubiera apostado, yo le habría hecho perder mucho dinero).

Puedes irte a la mier
Dakho.

10 de noviembre de 1986

Hoy Sean me contó que pensaba aplicar a una beca deportiva. Casi vomito por la aflicción y la culpa que me provocó su rostro emocionado. Le dije cómo llenar su solicitud. Los papeles son lo de menos: cuando lo vean jugar quedarán fascinados. Estarían cometiendo un terrible error si no lo reclutan. Pensé en decirle la verdad, pero no pude.

El destino de mi hermano. For the record, la vida que mi hermano lleva, según Dakho, me parece devastadora. Injusta. No puedes decirme que mi jugador favorito se dañó la pierna y que con eso se tiró la vida entera. Como fanático, estoy molesto por la omisión de esa información; como el hermano de Sean, estoy indignado y dolido. No lo acepto, no lo haré.

Me niego a aceptarlo. Elijo ignorar el tema.

Sujeto 3: Dominic T. Heart (continuación)

Edad espacio-temporal a la caída de Dakho: 16 años.
Huérfano de ambos padres; bajo la tutela del Estado.
Familia temporal/hogar de acogida actual: Fam. Nolan
795 8th Ave, San Francisco, CA 94118 US.
Historial de consumo sin información suficiente.
Rasgos distintivos según la descripción dada por Dakho:
Complexión: delgada.
Altura promedio: entre 1.71-1.74 m aprox.
Cabello lacio y rojizo (¿natural?).
Marcas de acné visibles en frente y pómulos.
Perforaciones en ceja izquierda, en lóbulos de orejas y cartílago de nariz.

@dumniik3h en IG, por si te interesa comprobarlo.

Sigue defendiéndolo, infiel.

Sé que debería, pero no puedo dejar de pensar en mi muerte. En nuestro futuro.

Sé que me prometí ignorarlo. Sé que debo dejar que todo siga su curso, pero no puedo.

Hace unos días recordé el año en que hubo sequía en el pueblo. En la junta de la comunidad, todos debatían sobre las acciones a tomar. Parecía imposible encontrar una solución, pero para mí la respuesta era simple: había que desviar el cauce del río más cercano.

Si creábamos una presa, no habría que preocuparse por el agua potable nunca más. Y por supuesto, alguien mayor que yo lo propuso. Pero la idea fue descartada por el alcalde de esa época, porque, entonces, los condados vecinos se quedarían sin agua.

Recuerdo que lo escuché y me hizo gracia. Pensé que era demasiado alboroto para un pequeño sacrificio por un bien mayor.

Podría atribuirle mi falta de empatía a que era solo un niño que no dimensionaba la gravedad de la situación, pero ese es el problema. Yo siempre, al menos desde que soy consciente, he entendido las cosas mejor que los demás. De la misma forma, conscientemente, estaba dispuesto a sacrificar dos poblados para que el mío tuviera suficiente agua.

¿Acaso soy ese tipo de persona? Controlador. Autoritario. Ambicioso.

No quiero serlo.

Pero no puedo evitar pensar que siempre lo he sido.

Sé que no debería pensar en mi muerte, pero me perturba no saber qué la causa. Porque no sé cómo desviar ese río.

¿Y si todo esto ya ha pasado una vez? ¿Qué tal si estamos atrapados en un ciclo que va a repetirse sin descanso hasta causar el colapso de todas las líneas temporales? ¿Qué tal si es Dakho lo que está haciéndome daño, o peor, si soy yo mismo el propio detonante de mi muerte?

No, no puede ser solo una cosa, es un conjunto de factores.

Quizás tuve un accidente o enfermé. Tal vez me deprimí tanto que llegué a lastimarme a mí mismo o... alguien más me mató. Alguien podría haberme llevado a hacerlo.

Afluentes del río

Accidente	Enfermedad	Homicidio	Autohomicidio	Suicidio	Problemas espaciotemporales de masa
• La carretera está en pésimo estado. • Electrocutado por los fusibles de la casa o en la central de energía eléctrica. • Electrocutado por el sujeto. • Atropellado. • Asfixia. • Envenenamiento. • Intoxicación por monóxido de carbono. • Coma etílico. • Muerte por traumatismo.	Me mareo mucho. El estrés y la fatiga me están consumiendo. Creo que tengo problemas del sistema nervioso/circulatorio. A veces me duele el pecho, siento que mi pulso se acelera. Sensación de sofoco. Náuseas. No solía fumar y ahora siento que me relaja un poco. No tengo hambre. Parásitos. Me sangra la nariz sin razón aparente. Vomito sin vomitar nada en realidad. Moretones y hematomas que no recuerdo haberme causado.	Los lunáticos del laboratorio que me siguen. Las personas a las que mi profesor le debía dinero. Otras personas a las que les debo dinero. Si Sean se vuelve loco. Si Daicho se vuelve loco. Si Haru se vuelve loco. Si mi papá descubre que soy gay. Si la gente del pueblo se da cuenta de que soy gay. A mano armada en un asalto. Apuñalado por asaltante. Fusilado por los militares.	Si es un bucle y logro viajar en el tiempo para matar a otra versión de mí y así asegurar que las demás existan. Si me secuestro a mí mismo de bebé y me asfixio para comprobar qué clase de paradoja se crearía. Si tengo un hijo y él regresa a matarme o asesina a su versión de mí que es mi yo del futuro que tendría que volver para matarme o para asegurarse de que nos matemos entre nosotros.	Asfixia por suspensión. No tratarme una herida abierta (muchas situaciones posibles para terminar mal herido) y desangrarme de nuevo. Disparo en la frente. Intoxicación por monóxido de carbono. Sobredosis.	Explotar.

Abro espacio para interrogantes:

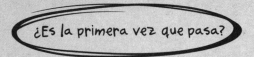

¿Es la primera vez que pasa?

12 de noviembre de 1986

Solo he tenido dos citas en mi vida. La primera, cuando obligaron a la cita de Sean Grace a llevar a su hermanita con ella y yo tuve que entretener a la chica un buen rato, y la segunda, hoy, cuando Dakho y yo fuimos al museo.

Admito que mi situación con él es confusa. Mis sentimientos por él son igual de complejos como lo son por las demás personas que me importan. Y pienso que eso es bueno... ¿no? Hay muchas cosas sentimentales a las que no les dedico ni cinco segundos de mi atención, no lo valen. Hay personas que no valen la pena. Él, por desgracia, entra en el listado de personas lo suficientemente valiosas en mi vida como para permitirme tal carga emocional.

<u>Dakho me gusta.</u> Como persona, como hombre, como amigo. Y aunque acepto estar enamorado de él, confieso que le tengo especial aprecio a esa capacidad que tiene por hacerme creer en mí mismo, <u>pero él me hace</u> →
sentir que los problemas son más pequeños. No me hace

«No sé si estoy usándolo como placebo» (ya sé que dije que hacer eso era estúpido, no me importa).

olvidarlos, no puedo ignorarlos, esa no es mi naturaleza, sino que todo es más ameno cuando estoy con él.

Se las arregló para conseguir dinero sin mi ayuda y pagó dos boletos para una exhibición que yo ya había visitado antes. No se lo dije, no podría. Vine hace un año, tras convencer a mi familia de traerme. Tenía cuatro boletos y entré solo. Recuerdo pensar en lo bello del silencio con la gran galería vacía y todas las pinturas observándome. Juzgándome por estar solo.

Hace unos días creí que Dakho hacía mi vida especial, pero creo que ese no es su objetivo. Él se empeña todos los días en recordarme que mi vida, monótona y aburrida como yo la veía, siempre fue especial.

Nunca he sido el más optimista. Pero verlo emocionarse me emociona. Me encanta verlo perder la compostura y moverse eufórico, amo que sea espontáneo. Si fuera un poco más callado, no sería la persona de la que me enamoré, porque esa persona siempre tiene algo que decir. Las emociones que desborda y muestra sin reservas son las mismas que me he forzado a mantener ocultas en mi interior toda mi vida. Al verlas las entiendo y no me siento tonto por tenerlas también.

La única vez que salí con alguien la chica se aburrió tanto que se durmió en la mesa. Pero él... él genuinamente cree que puede ganarme en ser más hablador sabelotodo que yo. Pero da igual. No me importaría volver a fingir que no sé nada de mitología para que me lo explique con su acento.

(Y al oído, por favor).

Siempre he afirmado que mis expectativas son excesivamente irreales e inalcanzables, lo creí cuando pensé que era demasiado pedir que mi familia me acompañara a entrar cuando ya me había llevado hasta la puerta. La última vez que visité ese museo caminé por él, despacio, en silencio y salí de la misma forma. Esta vez vi las mismas pinturas, pero al salir, esa sensación de vacío que siempre tengo, porque nunca estoy conforme con nada, no estaba.

Hablamos todo el tiempo. Le cuesta callarse y a mí también; pero descubrí lo mucho que disfruto estar en silencio con él. El silencio no es incómodo, es acogedor.

Hasta disfruté el camino de regreso. Me abrazó para que yo pudiera descansar y se quedó dormido solo un par de kilómetros después. Es un idiota.

Estoy escribiendo mucho solo para evitar decir que, gracias a él, ya no me siento solo.

Nuestro intento fallido de primera cita.

Estoy seguro de que no conoce el significado de la palabra «idílico», porque se empeña en describirme con ella.

Sus ojos brillan cuando habla de algo que lo apasiona.

Nunca creí que pudiera aprender tanto con alguien.

Poniendo en síntesis la hipótesis planteada anteriormente; si salgo con él, vivo con él y duermo con él, ¿eso lo convertiría en mi novio? Abro espacio a formulación de nuevas preguntas.

Estado del proyecto de campo actual: satisfactorio.

Adjunto documentos de respaldo.

Tú, yo, cita, hoy.
Marca:
SÍ ☐   NO ☐

Cita oficial: exitosa. Buscar otros lugares que sean interesantes para salir.

Giovanni Francesco Romanelli, «Cronos y su hijo» (cortesía del folleto del museo).

Escribo esto aparte porque necesito quejarme.

Entiendo que Dakho tiene mucha más experiencia que yo. Entiendo que es guapo y agradable. Sé que ha tenido muchos novios antes que yo y está bien. <u>EN SERIO, NO ME MOLESTA.</u> Lo que me jode, me pudre el alma, es que, desde que se tiró toda nuestra relación MINTIÉNDOME, ha prometido ser el hombre más honesto del mundo y lo está cumpliendo. Agradezco su sinceridad, pero, PERO ¿por qué tuvo que contarme que le gustaba ir al cine con su noviecito del futuro!? (Ver ficha de sujeto de Dominic Heart).

Peor. Que esa había sido una «cita oficial».

Mencionó que le gusta la bruja escarlata y al tipo ese intentando vestirse como ella para ir al cine. ¿Me estás diciendo que los comics de X-Men que amo y que hemos estado leyendo juntos tendrán hasta película? ¿Y las vio con él? No puedo, en serio. Quiero cometer un acto de odio.

Llevo años, ¡años!, esperando encontrar compañía para ir al cine, alguien a quien le gusten tanto las películas de ficción como a mí. Yo, muy triste y solo en el cine, y él, de ofrecido con el teñido ese. Ya sé que técnicamente ninguno de los dos ha nacido y yo estoy muerto, pero no me importa.

Si escucho que menciona al tal Dominic una vez más, le pido el divorcio. Lo juro. Es más, averiguo cómo mandarlo de regreso, pero solo para que vaya y busque a su amante el animal infiel ese.

El primer amor de Dakho fue Iron Man. Genial, ya iban unos veinte cantantes y actores a los que tenía que odiar. Normal, agreguémosle personajes ficticios. Ahora también odio a Tony.

Qué mierda escribí anoche. Dios, necesito dormir, he sacado mi lado bélico por un SUPERHÉROE. El desvelo, en serio, me está afectando. Jesucristo, soy el hombre menos celoso del condado.

14 de noviembre de 1986

Mi bitácora está más desordenada de lo que esperaba. Se supone que esta libreta era solo para mi investigación, pero mis cosas personales le han robado tanto espacio que creo que he terminado por mezclarlas.

Y no me importa. No perderé tiempo que no tengo en organizar cosas que no puedo separar.

Los pensamientos que mencioné que me inquietan, mis pensamientos problemáticos, se han hecho más fuertes y recurrentes.

Mi padre dice que «la gente siempre tiene pensamientos así cuando no ocupan su mente en algo productivo». Pensando en eso, desde niño, he intentado repartir mi mente en tantas cosas a la vez para no tener ni un segundo para que ellos me ganen. Ahora, de adulto, mi cerebro es incapaz de enfocarse en una sola cosa. Mi atención está dispersa y me la paso divagando, mi procrastinación ha llegado a un extremo tan preocupante que ya la considero autosabotaje.

Finalmente acepté participar como actor en la puesta en escena de la obra que organiza Haru. Y aunque no me enloquece la idea, tengo dos motivos muy fuertes: primero, descubrí que soy un gran actor; y segundo, pero no menos importante, quiero fastidiar a Sean.

Sean me pidió que le cediera mi lugar en la obra. ¡Qué sorpresa! Haru le dio el papel de Julieta a SunHee, así que mi pareja de actuación es su amor platónico y él asumió que yo le daría el papel en el que he trabajado tanto solo porque sí, para cumplirle el capricho. Siempre me hace eso, se mete en las cosas que son importantes para mí aun si yo hago lo opuesto, me alejo de las cosas que son suyas (o al menos lo intento).

Descubrí que mi hermano y yo tenemos una extraña rivalidad. No sé quién o cuándo la inició, pero me rehúso a competir contra él. En especial ahora, que he superado mis barreras sociales e interpersonales. Sean y yo no estamos en igualdad de condiciones. Y yo jamás competiría contra alguien más vulnerable que yo.

Porque eso es un hecho. He terminado de superarlo en todo.

Estás entrando en etapa de ira, ¿no es así? Tú no eres así. No soy así. Sé que amas a tu hermano más que a ti mismo.

¿Qué tan manipulables son los recuerdos de Dakho?

Sus ondas cerebrales están alteradas. Las ondas theta le permiten ponerse en contacto con su subconsciente, pero hay una posibilidad de que todas sus ondas cerebrales se hayan alterado: las alfa, que le permiten manipular sus recuerdos; las beta, para poder estar consciente de su espacio; y las delta, quizás solo para mantenerlo a salvo o cuerdo. En conjunto, estas ondas permiten que su cerebro absorba energía y la canalice, al ser él mismo un conductor natural. Es casi posible, pero se suma a la lista de cosas que no puedo verificar por falta de equipo. Estoy tan cansado de esto.

Si los recuerdos de Dakho se pueden manipular a través de estas ondas, a lo mejor no es necesario volver al lago. Tiene sentido: el lago y Dakho tienen la misma energía, y eso hace que se repelan. Por eso es imposible acercarse físicamente al punto de origen. Pero ¿qué tal si lo hace a través de sus recuerdos?

~~Mi Dakho es el Dakho del futuro y, a la vez, del presente; este siente cuando las cosas del Dakho del pasado cambian.~~

Eso no está bien planteado. Recapitulando, Dakho en 1986 podría sentir las cosas que cambiaban del Dakho de 2019, incluso, aquellas que le hacían daño de la infancia de ese Dakho.

Eso significa que es capaz de permanecer en contacto con otras versiones de él. Y siendo él su versión del «presente», tiene acceso para manipular la historia del Dakho del futuro y el del pasado.

Si logro mantenerlo estable al momento de entrar a su subconsciente, ¿podría hacer que hable con las personas a su alrededor? Dakho cambia la versión de sus recuerdos cada vez que un mínimo detalle se mueve de lugar. Como un dominó existencial, el pasado, el presente y el futuro ocurrirían al mismo tiempo, cada uno siendo consecuente del otro.

Si hago entrar a Dakho en la piscina y logro contener su energía, es posible manipular su conciencia futura hasta hacer que Sean le explique qué sucedió con su pierna y saber al fin la causa de mi muerte. Supongamos que el detonante de mi muerte estuvo en nuestro entorno. Es decir, todo afecta; por ejemplo, si compro carne hoy y me enfermo. Entonces todos dicen: «Ah, este idiota no cocinó bien su carne». Pero no piensan en los factores:

Puede que solo uno de los tres me enfermara, ese sería el detonante; pero al ser desconocido, los tres me conducen al final. Entonces, si la carne estaba mal, el carnicero no la limpió y yo no la cociné bien, todos somos culpables en igual medida. Pero si todo es circunstancial, estaba destinado a enfermarme, porque yo la compré.

Siempre pensé que el conocimiento y la información eran más valiosos que cualquier otra cosa en el mundo. En cierta forma, aún lo creo, pero... La ignorancia con la que estuve viviendo durante los últimos meses, tal vez los últimos años, me mantuvo a salvo de mí mismo por mucho tiempo.

Al final, todos obtienen lo que merecen. ¿Cierto? Yo, al parecer, tenía prevista una vida llena de logros y aplausos. Toda mi infancia me vi a futuro como un hombre aclamado, respetado, digno de ser imitado por todos.

En otra línea, con otra suerte... En otra vida no dudaría más en tomar el montón de oportunidades que me ofrecen. Hoy incluso vinieron a buscarme de la universidad que he estado ignorando durante las últimas semanas. No me estaba haciendo de rogar, aunque supongo que eso han creído los reclutadores, porque doblaron su oferta académica. Incluso me pidieron que los visite pronto para terminar de convencerme de elegirlos.

Mi yo de diez años estaría muy orgulloso de saber que el MIT me ha insistido hasta el cansancio en que acepte su oferta.

Mi yo de diecisiete, es decir, quien era hace un par de semanas, habría corrido a contarle a Dakho sobre esto.

Mi yo de casi dieciocho, el que sabe la verdad, se ha quedado llorando en la mesa de la cocina sobre todos sus papeles universitarios. Se ha cortado el cabello de nuevo por la desesperación y vomitó reflujo porque ni siquiera tiene algo en el estómago para devolver.

Mi yo de casi dieciocho aprendió a hacer chocolate y ahora evade sus problemas experimentando en la cocina. Así que ya está enloqueciendo. ¿O ya está loco?

De cualquier forma, no pude ocultárselo por mucho tiempo a Dakho. La temperatura de la ciudad ya ha bajado y me he quedado a dormir con él en el sofá de la sala un rato; solo conseguí que me confrontara.

Todos obtienen lo que merecen, pero creo que yo no merecí esta vida. O esa.

«La verdad os hará libres» $\longrightarrow$ Pero me siento atado de brazos

O sea...

«Cuanta más sabiduría tengo, mayor es mi desconsuelo; aumentar el conocimiento solo trae más dolor».

Mientras más enloquezco, mejor me queda el chocolate. Cuando esté completamente desquiciado, seré capaz de hacer un pastel decente.
(Ya me sale bien el arroz. Es mala señal, lo sé).

20 de noviembre de 1986

Me siento desahuciado como si fuera un enfermo terminal. Como un herido de gravedad.

¿O lo soy?

Tengo un corte entre mi pecho y mi espalda. Hasta hace un par de meses no sabía que estaba herido, el dolor perenne hizo que me acostumbrara a él. Al reflexionar acerca de desde cuándo lo siento, no encuentro en mi memoria ni un antes ni un después, creo que siempre ha estado ahí. Y al buscar un culpable, todo apunta a que soy yo mismo quien se ha herido al intentar separar lo que cargo de lo que siento.

No sabía que estaba herido hasta que vi las heridas de alguien más. En especial, hasta que alguien más señaló las mías. Me pregunto si todas las personas que he conocido en mi vida me han visto sufrir y se han quedado calladas, o si soy demasiado bueno ocultando lo que siento. En cualquier caso, no disfrutaría pensar que todos notan las cosas que mantengo solo para mí.

Estoy herido como todos los demás.

Tengo novio.

Raro.

Raro y degenerado de mi parte.

Me voy de la casa.

Bueno, no. Me voy de viaje mañana a Boston.

Corrijo: nos vamos de viaje a Boston mañana. Finalmente acepté visitar la universidad. Obviamente llevaré a Dakho conmigo, no tengo dónde ni con quién dejarlo, no confío en dejarlo suelto por ahí. Además, estoy demasiado acostumbrado a dormir con él. Entré en una etapa de codependencia de su espalda. Pero ese es otro tema.

Lo importante aquí es que casi falsifico la firma de mis padres en mi carta de autorización, pero pensé: «No, Taylor, tienes que contarles, es lo justo. Se alegrarán». Pero a mis padres no les interesó ni un poco mi noticia. ¿En serio soy así de insignificante para ellos? ¿Cuántos méritos más debo conseguir para que me digan, aunque sea por lástima, que están orgullosos de mí? Es lo único que pido.

La habilidad que mi familia tiene para subestimarme me tiene sorprendido.

Es real. Me impacta que siempre encuentren la forma de menospreciarme. ¿A qué le tienen tanto miedo? Los he malacostumbrado a ser su respaldo.

Soy demasiado conveniente para que me dejen ir.

En otros asuntos, creo que encontré la forma de manipular los recuerdos de Dakho y mantenerlo consciente sin tener que usar la piscina ni recrear los eventos del lago.

He creado un generador de electricidad lo suficientemente potente como para alimentar el resto del circuito. Si logro que Dakho entre en contacto con la corriente sin perderlo. El detalle es que eso implica involucrarme más en el proyecto.

Creo que lo que dicen las personas sobre el sexo es cierto. Es adictivo.

¿Qué tiene que ver el sexo con el experimento de los recuerdos?

Me di cuenta de que su energía se dispara cuando su actividad cerebral u hormonal es mayor. Por eso estuve elevando sus niveles de estrés en búsqueda del límite. Sin embargo, la noche de Halloween, su energía se disparó y logró colapsar la mitad de la red eléctrica de la ciudad. El punto es que, aunque estuvimos expuestos a una gran carga, él estuvo consciente en todo momento.

Lo pensé en frío y deduzco que, si logro potenciar esa misma carga sin hacerlo entrar en trance, podría lograr guiarlo para modificar sus recuerdos y cambiar el curso de cosas en el futuro de esta línea de tiempo.

Luego lo pensé en caliente. Quisiera colocar un aporte más profesional sobre este descubrimiento, pero no puedo. De hecho, lo que estoy por decir no es propio de mí, pero necesito sacarlo de mi sistema porque no puedo dejar de repetirlo en mi mente. Cada vez que lo recuerdo me pone en evidencia y no soportaría la humillación de que pasara en público.

Estuve un par de días muy enfocado en traducir la carpeta de la que tomé la idea de hacer el generador. Admito que no le estuve prestando tanta atención a Dakho como suelo hacerlo, y eso lo volvió más molesto que de costumbre. Esa tarde él estaba sentado en mi cama mientras yo trabajaba y comenzó a joderme pateando el respaldo de mi silla. Le dije que dejara de exasperarme y se burló de mi enojo. Sé que soy serio, pero son pocas las veces en las que me muestro enojado de verdad.

Sus problemas de actitud sacaron los míos. Quise confrontarlo, se sentó sobre mí y comenzó a molestarme. Me dijo que, si tomaba un descanso de cinco minutos, haríamos lo que yo quisiera. Me quitó los anteojos y los lanzó lejos para fastidiarme. Lo consiguió tan fácil y rápido que para cuando intentó besarme ya estaba tan enojado que lo empujé e hice que se cayera. Apenas alcanzó a levantarse.

Iba a gritarle, lo juro. Creo que le guardo un poco de resentimiento. Iba a golpearlo por interrumpirme cuando estoy ocupado. Pero se me olvidó que al enfermo ese le gusta que lo traten rudo, y por desgracia o coincidencia, a mí también. Al levantarse, la forma en la que me besó dolía tan bien... En algún momento terminé aplastándolo con mi cuerpo y él no se quejaba. Ni siquiera parecía arrepentido.

Yo estaba estresado y le importó poco. Comencé a regañarlo, él me calló a la fuerza y reconozco que tengo un problemita con lo mucho que me gusta que me tapen la boca. Me llamó «manejable» y terminé de perder la paciencia. Nunca mide las consecuencias de lo que dice. No piensa con claridad que tiene a un hombre enojado y frustrado con la vida sobre él sujetándole las muñecas juntas.

Se burló de estar consiguiendo lo que quería y decidí quitarle su derecho a opinar. Lo dejé abajo e hice las cosas como supuse que él las haría. Con la ropa medio zafada, intentó enredar sus pies detrás de mi cadera y no quise faltarle el respeto, lo juro, aunque estoy jurando demasiado. Tengo recuerdos muy dispersos, otros específicos de cuando se quitó la camisa y quedó de espaldas.

Desde esa tarde, me acecha la sensación de su cabello enredado entre mis manos mientras le sujeto la cabeza y su mejilla queda contra el colchón. El recuerdo de su espalda arqueada ha roto algo en mí. Su expresión me descompuso. El momento en que asimilé cómo me miraba, con el rostro enrojecido, los ojos llorosos y la voz quebrada, jadeando, suplicando, logró instaurarse a la fuerza en mi cabeza, ahora no puedo sacarlo de ahí.

Hace unos días estaba cambiándose para ir a jugar, vi por un segundo las marcas de mis uñas aún visibles en su cadera y todo lo que puedo recordar es que se movía hacia mí, que era la primera vez que yo tenía una posición más convencional y fui incapaz de decirle algo tierno, si acaso obscenidades con las cortinas abiertas y la habitación completamente iluminada.

Yo estaba medio vestido. El calor comenzó a sofocarme. El sudor de mi cabello le goteó en la cintura. Perdí la noción del tiempo también. Para cuando terminé y finalmente reaccioné, noté en la sábana debajo de él que Dakho había terminado mucho antes que yo. Sus piernas temblaban, estaba sollozando y comenzó a reírse, aunque apenas tenía aliento para hacerlo.

Me entró el pudor unos minutos más tarde, y todo lo que se le ocurrió decirme fue: «Ya puedes seguir trabajando en tu investigación».

En mi defensa (y la suya), aportó algo crucial, porque corroboré mi teoría sin tener que cambiar otra vez los bombillos de la casa.

Por su culpa tuve que suspender la investigación para acostarme a su lado un rato luego de eso. Espero que haya sido suficiente atención para él.

El tema ahora es que voy a usar ese descubrimiento en un rato. He conectado los cables del generador a una banca de los vestidores cerca de la piscina.

Espero que no se rehúse a repetir el experimento.

El pastelito no es sadomasoquista, es electrosatánico.

TE LO ADVERTÍ UNA VEZ, HAN DAKHO. DEJA DE LEER MIS COSAS.

Nunca me he subido en un avión.

Cuando salí del pueblo el verano pasado lo hice por carretera. En autobús y haciendo mil paradas en el camino. Para ser honesto, estoy aterrado. Armé las maletas y le aposté a lo mejor cuando falsifiqué los papeles de Dakho y lo hice pasar por mi pariente.

Soy un genio de la falsificación y el engaño que no puede fingir que se muere de nervios.

Actualización: Dakho le habló en coreano al guardia del aeropuerto. Me ha hecho el vuelo muchísimo más ameno de lo que esperaba.

015.4370.5

passenger ticket

NOV 22 8

4   9

passenger ticket

T-103 (7/76)

3 FLIGHT

PRINTED IN U.S.A.

TWA

Han Dakho y sus cambios

El sujeto cambió su dieta y elecciones de alimentación; anteriormente se comprobó que estos estaban ligados a sus traumas infantiles más que a sus principios ético-morales.

Sin embargo, su cambio de actitud podría representar la distorsión de los hechos en el futuro de la línea de tiempo actual. Durante el experimento en los vestidores de la escuela, el sujeto logró modificar un pequeño suceso dentro de un acontecimiento ya evaluado.

El sujeto tomó el recuerdo de la boda de su madre y su padrastro, se modificó el color de corbata que usaría ese día. Este cambio convirtió una velada callada y triste para él en un altercado en la ceremonia, lo que desencadenó una serie de peleas con su familia a partir de ese momento.

Ahora bien, ¿qué representa el cambio de dieta?

El sujeto le pidió a la versión joven de su madre (la que vive en este pueblo) que no lo dejara salir en la nieve con la intención de eliminar un trauma/abuso que vivió en este escenario dentro del futuro de la segunda línea de tiempo.

Hoy, en la nieve de Boston, el sujeto afirmó que nunca había jugado en la nieve. Y se mostró emocionado por la experiencia. La duda puntual es: ¿puede influir en las decisiones de los demás también?

- Registrar todo cambio de actitud.

Hoy leí de nuevo las primeras páginas de esta libreta. No suelo leer mis bitácoras de estudio hasta mucho después de haber completado mis experimentos, pero tuve que hacerlo. La sensación de estar pasando por alto algo importante no me deja en paz.

No tengo idea de qué pueda ser, he buscado por todas partes, he intentado hacer memoria, sin tener éxito.

Estoy en Boston, una de mis ciudades favoritas. Lo bonita que es en verano no le hace justicia a lo irreal que se ve en invierno.

Tengo muchas cosas que decir y no encuentro las palabras adecuadas para expresarlo. Boston se había convertido en un sueño para mí. Ahora es una realidad que me hace estar presente. La gente como yo, bueno, yo particularmente me la paso de extremo en extremo, de melancolía en nostalgia como si estuviera permanentemente inconforme.

Aquí puedo parar. Aquí no importa lo que hice ayer y el mañana no me abruma como suele hacerlo.

Aquí puedo ser quien quiera ser. Aquí no tengo apellido, ni nombre. Me trae paz ser un desconocido porque así los demás pueden descubrir por sí solos que puedo ser interesante, que soy un buen amigo y apoyo, un buen hombre.

Entre las personas del condado nos conocemos de toda la vida. Me emociona saber que, aquí, hay personas que hablarán del día en que nos conocimos. Me da la oportunidad de volver a conocerme a mí mismo y eso me encanta.

No quiero ser memorable porque quiera ser recordado por todos, quiero ser memorable porque fui importante para los demás, que logré hacer de una pequeña diferencia algo trascendental.

Creo que encontré mi problema. He visto mi nombre en titulares y premios infinidad de veces, pero aun con tanto reconocimiento, siempre termino sintiéndome solo entre la multitud. Yo cambiaría un auditorio lleno de aplausos por la total admiración de una sola persona. Las multitudes me olvidarán cuando «la siguiente gran sensación» aparezca, pero si soy querido por una sola persona, eso bastará; seré verdaderamente memorable.

Aquí, en Boston, con la emoción de la universidad, las luces y la nieve; los taxis y el montón de conversaciones ajenas que escuché sin querer, asimilé algo que jamás creí decir:

Me gusta la vida.

Me gusta como es justo ahora. Mis aspiraciones son apenas el comienzo de todo lo que seré algún día. Veo hacia atrás en el camino y me río de todo lo que he aprendido hasta ahora. Parezco una persona diferente.

Porque es un hecho.
Cambié.

Al releer mis apuntes me doy cuenta de que crecí. Más que eso, envejecí un poco.

Tengo conflictos para identificar el momento en que «crecer» se convierte en «envejecer». Yo nunca quise crecer, me rehusé tanto como pude y lo hice de todas formas. Han pasado casi diez años desde el primer diario que escribí; puedo ver a todas luces que no hay nada que me haga inmune al paso de los años.

Estoy orgulloso de haber crecido, pero le tengo pánico a envejecer. Es contradictorio, ¿no?

Siempre he sentido aversión por la vejez, por el espejo, temo ser una carga algún día. Pienso que el terror que siento al pensar en ser un anciano se deba a que, en realidad, nunca seré uno.

Jamás he querido vivir una larga vida. Soy alguien muy intenso para soportarlo. Siento demasiado, pienso demasiado, amo demasiado...

Amo demasiado, pero si alguien llega a amarme excesivamente, la vejez dejará de ser aterradora. El tiempo que logre extender mi vida será ganancia.

A lo mejor el único que puede amarme así soy yo mismo.

El clóset de vidrio que me rodea lleva tanto tiempo agrietado que, al primer toque, se rompió.

Soy un monstruo, un enfermo. Soy lo inmoral e incorrecto que acecha a los hombres rectos por las noches. Soy eso y más.

Soy una boda a espaldas del padre y el tío del amigo. Soy la ropa equivocada y un beso negado como si fuera mentira.

Soy la pareja de hermanas y las amigas de toda la vida.

Mientras sea fiel a mí mismo, mientras ame y sea amado, estoy bien siendo todo lo que me enseñaron que era malo.

23 de noviembre de 1986

La mejor noche que he tenido comenzó como todas las cosas importantes en mi vida: hice algo que no debía hacer en un lugar al que tenía prohibido ir.

Aún en Boston. En el momento en el que vi a Dakho comer de más para «resistir» el alcohol que ni siquiera estaba en la mesa, supe que la noche iba para largo. Ojalá pudiera decir que no estaba consciente de eso cuando terminamos de cenar y me dijo que saliéramos de fiesta. Me resistí un poco antes de aceptar para no tener que lidiar con las consecuencias de mis actos si perdía la compostura más tarde.

Llegamos a un lugar clandestino, apropiado para lo nuestro, que es igual de secreto. Había muchas personas en la fiesta, pero nadie nos veía. A nadie le importó mi mano tomando la suya. Más que eso, experimenté lo que era ser «normal» entre la multitud por primera vez en toda mi vida. Por un segundo, ser invisible no fue tan malo como solía parecerme.

Estaba temblando y, sin darme cuenta, comencé a bailar sin limitaciones. Me gusta bailar con Dakho. Es algo muy nuestro. Desde lo tonto, como en el auditorio, hasta lo irreal, como esa noche en el club.

Me gustan las cosas que brillan. Como sus ojos. El brillo en sus ojos me encandiló, de pronto fue como si la sala estuviera vacía. Éramos solo él y yo en el mundo.

Las luces se volvieron más brillantes, y la frecuencia de la música descendió, como si las oscilaciones por segundo disminuyeran significativamente. De pronto sentí la canción como vibraciones a través de la piel. Mis latidos eran fuertes, dolorosos. Mi pulso, mi respiración y la suya coincidían con el bajo de la canción.

Él me veía en silencio y aún callado no pudo ocultar que estaba desesperado por besarme. Finalmente lo hizo y creo que ha terminado por exhibirse: me necesita más de lo que puede entender.

Aunque fue fugaz, aunque tuvimos que salir huyendo del lugar, le gusto tanto que terminó gritándolo en medio de la noche al correr a mi lado por las calles de la ciudad.

Me dijo que lo hago feliz, y yo estaba en el limbo de lo ebrio: no lo suficientemente alcoholizado como para confesarle que sus ojos me encantan; demasiado como para omitir responder que él y esa noche eran lo mejor que me había pasado en la vida.

25 de noviembre de 1986

Estoy asustado. No puedo concentrarme en nada, siento como si las orejas me supuraran y mi garganta estuviera llena de flema. Es la quinta vez en la semana que me sangra la nariz. Regresé hace un par de días a la ciudad y creo que me entristeció un poco volver a entrar en mi casa.

La fatiga me está matando, pero no puedo detenerme ahora. ¿Qué pasaría si logro ser la persona que busqué ser toda mi vida y me doy cuenta de que no es lo que quería? Todo ese esfuerzo no habría valido la pena. Cada rechazo, todas las veces que lloré preguntándome, cuestionándome si alguna vez sería quien tanto deseaba ser serán solo daño sin propósito. Si al final estoy equivocado, mi vida perderá sentido.

¿Qué pasaría si llego a la cima
y la vista no es lo que esperaba?
Debe ser mi culpa.

Sabes que algo está muy dañado en ti cuando ni siquiera
te satisface cumplir tus propias expectativas.

27 de noviembre de 1986

Algo me inquieta. Hace un par de semanas que mi amiga
SunHee se comporta extraño. Pensando en que podría
ser parte de los locos que me siguen, empecé a observarla
más de cerca y ahora tengo muchas conjeturas que, por
el bien de todos, espero sean puras suposiciones mías.

Comenzó a sentirse mal en clase y la acompañé a la
enfermería de la escuela. Ella no quería ir, mucho menos
que yo la acompañara. Ella siempre me obliga a mí a ir
cuando me sangra la nariz o cuando me mareo, así que
le insistí hasta que fuimos. Una vez ahí, descartó todos
los medicamentos que le ofrecieron y no quería hablar.
De pronto, la enfermera me sacó del salón. Creo que ella
le pidió que lo hiciera, no verbalmente, pero lo hizo.

Estaba tensa desde que entramos, pero no pensé
que fuera por mi presencia. Cuando salió se veía peor; lo
que esa mujer le haya dicho la descompuso por completo.

Hasta hace unas semanas, le daba asco el chocolate y hoy la vi comerse siete, SIETE, barras de chocolate en clase. Entré en pánico por un segundo, pensé que era un efecto colateral y que también le afectaba el cambio de líneas. Luego reflexioné: mujer joven, con antojos, náuseas y visible preocupación.

Esto no es un código rojo, es un <u>domingo siete.</u>

¿Debería intervenir? No me parece conveniente en mi posición actual. Además, Dakho jamás ha mencionado tener un hermano, así que solo hay dos opciones: o nunca lo conoció, o nunca existió y solo estoy siendo paranoico, como siempre. Ni siquiera puedo comentarlo: si se lo digo a Sean, será el fin de mi experimento; si le digo algo a SunHee, quedaré como un hombre raro y degenerado; Dakho se moriría de la tristeza (o la envidia); y decírselo a Haru es lo mismo que contárselo a Sean. Es inútil.

Ahora bien, si el caso es que «ya no» existe para cuando Dakho nazca, me rompería un poco el corazón. Después de todo, sería la única persona de mi familia a quien no le tendría rencor. No me corresponde decir algo. Pero me indignaría mucho si Sean ya lo sabe y no me ha dicho nada. ¡Soy su hermano! Obviamente, soy el padrino del niño.

Solo espero estar alucinando.

Me distraje de la investigación (otra vez). ¿Por un buen motivo? Eso depende de a quién se lo pregunte. No sé dónde, pero Dakho encontró unos viejos patines y no tuve más opción que suspender mi trabajo del día.

Todo el pueblo ha comenzado a llenarse de luces y adornos navideños. Luce hermoso, como la villa de Santa Claus en persona. Dakho lleva un par de días pidiéndome salir a patinar sobre hielo en la pequeña poza que se congeló en la acera de enfrente. Me agarró desprevenido, le prometí que lo haría y desde entonces no paraba de molestarme con eso.

Aunque nunca se me dio bien patinar, admito que lo disfruté.

Él estaba cantando mientras se burlaba de mí por patinar mejor que yo. Cantó la misma canción una y otra vez, y yo cometí el grave error de preguntarle por qué justamente esa y cuál era, porque no conseguía recordarla, entonces, me dijo que era «I don't want to miss a thing», una canción de Aerosmith que no saldrá hasta dentro de diez años (no debería saber eso, pero lo aprecio) y luego me contó toda la trama de «Blades of glory», una película donde patinan en los juegos olímpicos con esa canción de fondo, y luego me mostró la coreografía completa (esa película es la primera cosa sobre el futuro de la que desearía jamás haber oído, (guardo el nombre para fines de recolección de datos).

Después de burlarse de mí, AL FIN, me enseñó a andar con los patines sin caerme. Es un idiota.

Me divierto mucho con él.

//

Las nebulosas son puntos densos del universo donde nacen las estrellas.

Toda estrella pasa por muchas fases de transformación, desde su nacimiento hasta su muerte, pero son tan grandes, que es imposible que pasen desapercibidas en la muerte, por eso explotan al desaparecer.

A diferencia de los árboles, cuya muerte pasa desapercibida ante todos cuando las estaciones cambian y los colores se tornan cálidos.

Entre el otoño y las supernovas, no sé qué muerte sea más hermosa. Pero entre más lo pienso, más similitudes con lo nuestro encuentro. Incluso si hemos de morir...

Yo soy otoño; y él, una superestrella.

//

1 de diciembre de 1986

He llevado una investigación paralela durante los últimos meses. De hecho, me resultaba más un pasatiempo, pero dio mejores resultados que la mitad de mis proyectos.

He empleado el tiempo que solía dedicar a trabajar en mi investigación universitaria en la reparación del «teléfono» del sujeto. Estaba mojado. Por algunos días creí que era basura, hasta que logré abrirlo.

Lo más interesante de su estructura es la placa de circuitos en su interior. Es plana, no medirá más de algunos milímetros de grosor. Tiene una batería compacta y aplastada que me hizo dudar de su capacidad. Me tomó tiempo entenderlo, pero al fin veo que su funcionamiento no podría ser más simple, utiliza una forma de energía electromagnética que se encuentra entre las ondas de radio FM y las microondas; recibe y envía señales como cualquier difusor. Además de tener una pantalla táctil, que tiene dos capas eléctricas y reacciona al contacto con otro conductor, es decir, al contacto humano.

Mi mayor interrogante sería:

«A largo plazo, ¿podría ser cancerígeno?».

No creo que sea lo suficientemente fuerte como para causar mucho daño, pero es una posibilidad que, vista a mayor escala, tiene más sentido del que parece.

Finalmente logré que funcionara a un porcentaje considerablemente alto de sus capacidades. El aparato resiste encendido y sin estar conectado a la corriente aproximadamente dos horas.

230710, 123456, 654321, 030901

Desarrollé dependencia emocional de un aparato.

Sé que suena tonto. Me burlé de Dakho cuando pensé que estaba exagerando con eso de tener «su vida entera» en el teléfono, pero no mentía. Después de un par de semanas probando, anoche finalmente averigüé la clave de acceso. Hice miles de combinaciones y la clave era su fecha de nacimiento. Es un aparato fácil de usar, si estuviera conectado a la red «Wi-Fi», como muestra en sus configuraciones, seguro sería más interesante. Sería tener millones de respuestas a preguntas que me han atormentado toda mi vida. Pero de momento solo ha conseguido ponerme nostálgico por un pasado que ni siquiera es mío.

A lo mejor he sido muy duro con Sean. ¿O es que siempre termino ablandándome cuando se trata de él? No lo sé. Dakho hace lo mismo que yo hago en este diario con su teléfono. Es su bitácora. Tiene muchos videos en él; me he visto la mayoría hoy en la madrugada.

Hay uno en específico que me removió el pensamiento. Aparecen varios chicos, están en el aeropuerto y están peleando por hablarle a la cámara. Entretanto, hacen bromas y se ríen del dueño del celular, que está llorando en una de las sillas del área de espera. Dakho extraña su país, a la madre que tenía cuando era niño y a los vecinos que se hicieron sus amigos. Ellos se estaban despidiendo de él antes de marcharse, pero me pregunto si él lo hizo. Si esa versión de él no se quedó en ese aeropuerto el día que se marchó.

Supongo que es natural buscar momentos que ya no existen en gente que ya no conocemos. Al marcharnos nos convertimos en personas que aquellos que dejamos jamás conocieron. Y aunque conozcan nuestros nombres, ya no existimos de la misma forma en que nos recuerdan. Es como extrañar a un muerto.

A veces me extraño a mí mismo y caí en cuenta de que hace semanas que vivo en un constante luto.

Una parte de mí muere cada vez que me despido de alguien. Ya sea si es por voluntad o si es a la fuerza. Lo que disfruto se acaba y deja libre el altar sobre el que santifico lo que amo.

La nostalgia hace más fácil asumir que todo sigue aquí, aunque a veces la ausencia se hace tan real que resulta abrumadora; pero no puedo detenerme por ello ni por nadie. Espero que los demás no lo hagan por mí.

Extraño a muchas personas. A lo mejor un día de estos dejaré de pensarlos por la mañana. Sus nombres dejarán de aparecer en mi libreta. Tampoco me dolerá su ausencia y mi desinterés hará que se olviden de mí.

Y, quizás, me recuerden en un día especial como muchas otras personas de las que me he despedido, así podremos saludarnos como simples conocidos, como si jamás hubiese llorado su adiós como el de un difunto.

Pero hasta entonces, vivo en un constante luto.

Llegué a la conclusión de que tal vez estoy deprimido.

(Revisé todos los videos, y mi hermano no se queda pelón al envejecer. Demonios. Es irónico que haya perdido una pierna antes que el cabello).

3 de diciembre de 1986

En la familia de Dakho es importante el orden de nacimiento y las sílabas de los nombres. Hace poco mencionó que, si tuviera un hijo, lo llamaría Sunho. Han Sunho.

Yo le dije que si tuviéramos un hijo lo llamaría Hudson, como el río Hudson. Porque así llevaría el nombre del lugar al que pertenece el mejor recuerdo de mi infancia y sería igual que su padre, porque «Dakho» significa 'lago profundo'. Para mí, sería un guiño de nosotros siempre en él.

Hudson Kim y... su padre, el que dijo que tener hijos era una pérdida de tiempo.

Creo que el «nosotros» implícito del que no me percaté cuando se lo dije le gustó a Dakho más de lo que esperaba. Me ha culpado muchas veces de no saber combinar «el nombre del niño» porque entre Hudson Kim y Han Hudson, dice que se ve en la obligación moral de tomar la primera opción. Pero no le importa, dijo que lo llamará «Muffin» de todas formas, como si a mí no me jodiera ya lo suficiente que el insufrible ese me llame «Pastelito».

Al menos ya sabemos quién será el padre divertido. Es obvio, ya sé. Yo soy el padre que se encarga de que todos estén a salvo y estoy bien con eso. Soy bueno en ello. Él se encarga de que yo no pierda la cabeza y yo me encargo de todo lo demás. Bueno, no de todo, pero sé que, si hay algo que yo no soporte hacer, él lo hará perfectamente. Me quita mucho estrés de encima saber que él y yo somos un gran equipo.

Nunca había pensado tan a futuro. Al menos, nunca pensé en un futuro con familia y una vida regular. Incluso si no es real, creo que, dentro de mí, comienzo a tener esperanza.

Llevo cuarenta y seis horas seguidas despierto y estoy delirando.

Solo por curiosidad, estuve explorando las formas en las que podría tener un hijo biológico. No es mi campo, pero estoy intentando no quedarme dormido mientras mido el voltaje de la casa contra las ondas cerebrales de Dakho.

Si logro viajar a una realidad alterna y me encuentro con una versión de mí mismo que sea capaz de gestar, podría pedirle que se preste para el experimento. Porque si es yo y una versión masculina de ella se aparece en su casa pidiéndole un óvulo, sé que sí se lo entregaría. Es más, podría ser un intercambio y todos felices. ¡Es por el bien de la humanidad!

Sí. Cuarenta y siete horas seguidas.

Descubrimientos anacrónicos:

- Boston Red Sox MLB 2018
- «La sociedad de los poetas muertos» gana a mejor guion original en los premios Óscar de 1990.
- Freddie Mercury fallece entre los años 1990 y 2000.
- Caracol arborícola de Coote posiblemente extinto desde 2019 (según Dakho).
- Plutón deja de ser considerado planeta desde 2006.
- La moda de los «Blackberry» no durará mucho.
- La complicación de Bill Kaulitz en 2008 es un quiste en la garganta.
- Seo Taiji and Boys será la primera banda de chicos de Corea del Sur.

La próxima vez que logre cambiar las acciones de Dakho lo obligaré a estudiar Economía. Hasta ahora no tengo mucha información para apostar.

Hay una foto vieja en uno de los cajones de la máquina de coser de mi madre, es del día en que Sean y yo nos conocimos. Él tenía un poco más de dos años entonces, era demasiado joven para entender por completo lo que «conocerme» implicaba. Me vio llegar a casa y pasé a ser parte del mobiliario del lugar. Ninguno de los dos recuerda que nos presentaron, aunque esa foto es la prueba de que sucedió.

Mi primer recuerdo sobre Sean, de hecho, apareció en mi cabeza hasta su octavo cumpleaños. Lo tengo bien presente porque hasta ese momento en mi vida yo no sabía lo que era celebrar un cumpleaños. Si soy honesto, nadie en mi familia había celebrado algo antes. Sean dice que éramos muy pobres en Corea, aún más pobres de lo que fuimos aquí. Esa noche yo entendí que él era mi hermano, ellos mis padres y esa mi casa. Quería pastel, pero había que esperar por algún motivo particular.

Antes de eso no recuerdo nada más. Al menos no claramente. ¿No es eso raro? La forma en la que nos volvemos conscientes de pronto. Digo, la mayoría de las personas no recuerda sus primeros años de vida porque en la infancia no había parámetro alguno en sus cerebros para interpretar la situación o las cosas que los rodeaban. Cualquier palabra no es más que varios garabatos uno al lado del otro hasta que se aprende a leer.

Hoy es el cumpleaños de mi hermano y me he puesto sentimental. Me pregunto si él sabrá que esa fue la primera vez que nos vimos, si tendrá algún recuerdo sobre mí, o si siempre he estado ahí, si el día en que se volvió consciente yo ya venía por defecto en el paquete.

Mi hermano cumplió veinte años. Es muchísimo y estoy muy feliz por él. Hoy será un gran día.

Estos días no han sido tan malos. ¿Puede la vida sentirse así por siempre? Un momento cálido en medio del frío.

. . . .

Han Dakho y sus cambios en la realidad

No puedo confiar del todo en la palabra de Dakho. No porque crea que mienta, es que se contradice a sí mismo cada día más. Su cerebro se vuelve agua, no literalmente, o bueno, quién sabe. El punto es que la mitad de las cosas que me ha contado de su vida parecen simplemente haberse esfumado de sus recuerdos. Por un momento creí que estaba alucinando, que era yo quien confundía los hechos; pero los videos de su teléfono también varían cuando su versión cambia.

Es confuso. Hace unos meses me contó que sus inclinaciones alimenticias tenían más que ver con sus traumas familiares que con sus creencias o principios. Esta mañana ha dado un discurso sobre él siendo vegetariano y me ha contado una adolescencia que jamás había mencionado.

Se está volviendo loco o yo soy el loco. Quizás nos falta el mismo tornillo. Qué romántico...

•••••••••••••••••••••••••••••••••••••

Tengo derecho a burlarme de mí mismo. Esto de las cosas empalagosas no es lo mío. No en voz alta. Dakho se ha autoproclamado mi novio y me ha ofrecido una vida de casados como si no fuera la gran cosa. Lo peor del caso es que lo estoy considerando. No es mala idea vivir una vida sin sorpresas.

Hoy cerramos el ciclo escolar, al menos la parte interesante, mi hermano y ~~mi novio~~ Dakho juegan hoy la final de temporada. Y yo haré, por fin, mi debut como actor.

Eso sonó raro, no puedo con los títulos. Suena demasiado irreal, es demasiado formal, me da náuseas. Digo, Haru me ha dicho que para lidiar mejor con mis emociones puedo comenzar escribiéndolas (como si no me hubiera expuesto ya lo suficiente en esta bitácora); él sugiere entablar conversaciones con los demás a través de lo que escribo. Más sencillo, hacer cartas con las cosas que no me atrevo a decir en persona. Él dice que ayuda mucho a engañar a tu cabeza, dice que es sano; pero a mí me suena a una de esas técnicas que le dan en las clases de «ciudadano modelo» que la comisaría lo obliga a tomar para evitar que se convierta en un antisocial tras su altercado con los oficiales (todo mi grupo de amigos tiene historial delictivo, genial).

Estás seguro de eso? Sí, fue la circunstancia. Él jamás me traicionaría adrede. ¿Verdad?. Si estás tan seguro de tener razón, ¿por qué necesitas que te lo confirme? Tú me estás cuestionando. Ajá, ¿y yo quién soy? Ah, mierda.

Me hace gracia que los policías en serio piensen que Haru podría dañar a alguien. Es demasiado honesto, jamás haría algo en contra de otra persona.

En fin, a veces me parece injusto que Dalkho pueda ser cursi a propósito. Tengo un mejor léxico que el suyo y cuando intento decir lo que siento no encuentro las palabras correctas. Mientras más estudio mis líneas de Romeo para la obra de hoy, más me corroe la envidia de poder decir cosas tontas con tanta simpleza.

Estoy tan desesperado que le haré caso a Haru.

Condado Mariposa, California
6 de diciembre de 1986

Da★ho:

Esto es una bandera blanca entre tú y yo.

Me rindo.

Esta guerra que hay entre nosotros nunca ha sido del todo real de tu lado, nunca me has mostrado oposición ni contraataque. Esto no es más que el reflejo del conflicto que me provoca el desconcierto.

Soy demasiado cobarde para pedirte de frente que te quedes conmigo. Una parte de mí sabe muy bien que tengo que soltarte cuanto antes. Pero no quiero.

El sol se convirtió en mi enemigo desde el día en que te conocí. Al pasar los días se llevan consigo mi carácter poco a poco. Vivo aterrado con la idea de que amanezca y no estés a mi lado.

El amor es un contrato con muchas cláusulas que te aprisionan si tienes un cerebro como el mío. Yo cambiaría el mundo por ti, lograría todos los imposibles que limitan a los hombres si con eso consiguiera que te quedes conmigo. Pero si por mis descuidos te pierdo, jamás podré perdonarme haberte expuesto de la forma en que lo hice.

Me reservo el derecho de que sepas lo que pienso de ti. Eres más que mi amigo o mi amante. Eres, por mucho, el mejor cómplice que alguna vez he tenido, si es que he tenido alguno. Nunca podría decir que te amo, porque hacerlo sería condenarme a abandonarte como lo hago con todo lo que me apasiona.

Lo que siento por ti es blasfemo hacia Dios, porque no hay una parte de mí que crea en la existencia de lo divino si no es a través de ti. Me he rehusado toda una vida a consagrarme a un Dios, pero ahora estoy orgulloso de adorarte.

No te amo porque te soy devoto, con todo mi corazón, mi alma, toda mi mente y todas mis fuerzas.

Tuyo en contra de mi voluntad
y avergonzado de mí mismo,
Taylor

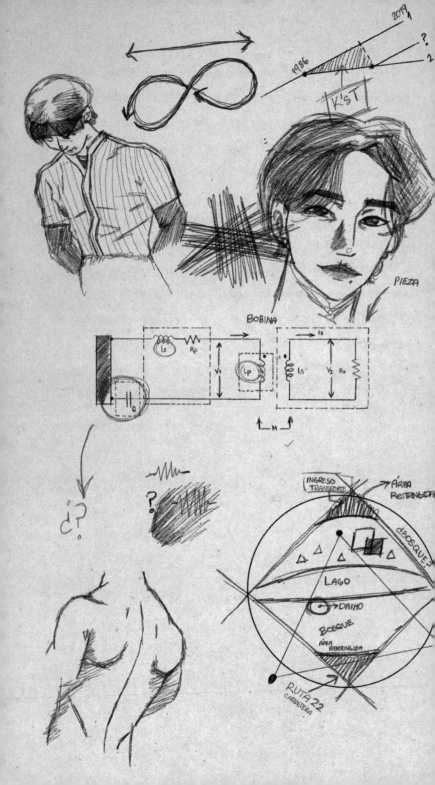

ROMEO & JULIET.

Good pilgrim, you do wrong your hand too much
Which palme to palme is holy palmers kisse. Vid. Shakespeare.

London, Pub. June 10 1788 by Ja.ᵗ Fittler, N⁰ 62 Strand.

thou afraid of mee? Because your worship lookes
so like a Lyon, said the man. A Lyon! quoth the
Justice, when didst thou see a Lyon? May it
please your worship (the fellow replyed), I saw a
Butcher bring one but yesterday to *Colebrooke*
market with a white face, and his foure legs
bound.

> *This fellow was a knaue or foole, or both,*
> *Or else his wit was of but slender growth;*
> *He gaue the white-fac'd* Calfe *the* Lyons *stile,*
> *The Justice was a proper man the while.*

Dejé de escribir hace semanas porque, hasta apenas anoche, he sido un rehén en la ciudad. Tengo mucho que decir y poco tiempo. Si alguna vez dudé de mí mismo, fue para darle ventaja en la vida a los que me rodean.

Por fortuna o maldición, siempre consigo todo lo que quiero. El problema es que nunca he logrado desear con mesura.

Toda mi vida he sentido que estoy hecho para algo más grande, algo más que solo estar en un escritorio haciendo mil y una teorías sobre lo que hay detrás de mi puerta. La pequeña investigación que comenzó conmigo entrando sin permiso en el área prohibida de la reserva del lago se convirtió en mi mayor descubrimiento.

Sunhee nunca llegó a la obra. Sean debía seguirla, pero, en su lugar, Dakho intentó alcanzar a su madre y casi se mata en la carretera. Dakho le salvó la pierna a mi hermano, también creo que evitó mi muerte, pero su ingreso obligatorio al área de urgencias dio lugar a que nos emboscaran. Nos capturaron y apenas puedo asimilar que logré sacarnos de ahí.

Si yo no fuera un rehén, en este momento mi hermano y mi asistente serían unos mártires. No pude esconderle más la verdad a Sean, se la conté a medias, le dije que Dakho era un espía desertor solo para justificar que hay un montón de científicos «amateur» siguiéndonos por todo el pueblo.

DEMASIADO «amateur» para mi gusto. Llevaron a Dakho hasta el lago. Causaron una sobrecarga y con eso casi lo matan a él, a nosotros y acaban con el país. Su falta de sentido común me tiene impresionado y sentenciado. Me vi en la necesidad de intervenir su terrible ejecución para salvar a mi equipo.

Mi captor, Kim Anzu, se ha presentado ante mí como el líder del lugar. Por supuesto, me ha dejado dirigir a todos a mi antojo para obligarme a trabajar con ellos; entonces, me pregunto: ¿quién tiene a quién?

Tengo cincuenta hombres armando un difusor de energía como si estuviéramos jugando Tetris. No estoy feliz, pero hay algo de satisfactorio en ver a los demás suplicar por un conocimiento que jamás serían capaces de alcanzar por cuenta propia. He estado del otro lado, y no es grato. Afortunadamente, mi soberbia es muy grande como para permitirme permanecer así.

Ni siquiera sus allegados más leales están del todo dispuestos a seguirlo. He conocido a mi nuevo asistente: Lee Jaewon. Más estable, pero menos interesante que mi asistente habitual. Tiene una especie de problemas paternales, porque habla y persuade a su líder como si se tratara de su propio padre, lo que no me sorprende; en realidad es lo más predecible del mundo viniendo de un bastardo. Sé que no debería analizar a las personas ni prestar atención a sus conversaciones privadas. Pero, hombre, se me han pegado los malos hábitos de Dakho.

Dakho está recuperándose bien. Creo que le debo una disculpa por molestarme por no haberme contado sobre mi muerte: una vez que he asimilado que moriré, el vacío que dejaron mis expectativas me permite vivir con mucha libertad.

Y pienso, si todos obtienen lo que merecen, ¿por qué soy siempre quien se queda con las manos vacías? Creo que jamás se me ha dado algo porque lo merezca, todo lo que tengo lo he tomado por la fuerza.

Cada noche me recogen en la puerta de mi casa para llevarme con ellos a trabajar en su pequeño búnker del lago. Soy rehén de la ciudad porque, aunque en el fondo todos saben quién es su verdadero líder, en el momento en el que ponga un pie fuera del condado me atravesarán el cráneo con una bala. Eso dicen. Pero, vamos, es evidente que les sirvo mucho más vivo que muerto.

Porque son insuficientes, mediocres y, sobre todo, unos cobardes que se atrevieron a amenazar a mi familia si yo no cooperaba. Fue un golpe muy bajo. El «jamás meterse con la familia de un hombre» es algo fundamental, una regla no escrita que no respetaron. Pero no hay prisa, el laboratorio y todo su equipo me son más útiles de lo que esperaba. Al fin tengo las herramientas necesarias para comprobar todo lo que he creído por meses. No he dormido en días, pero todo sea por un bien común.

Esto será a mi manera. ¿Estoy asustado de estar aquí? No.

Me gusta la forma en la que encajo con la corrupción del lugar.

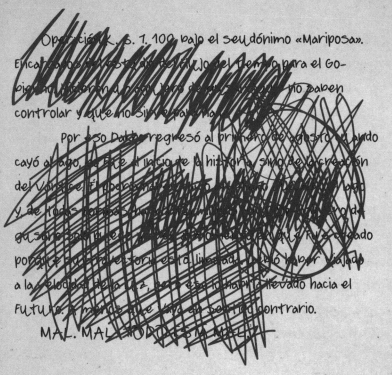

Operación K.S.1.100, bajo el seudónimo «Mariposa».
Encargados de controlar el flujo del tiempo para el Gobierno deben a toda costa detener a los que no saben
controlar y que no si ve para na~~~

Por eso Dalas regresó al primero de agosto y hado
cayó al lago, no fue el inicio de la historia sino de la creación
del Universe. El ~~~~~~~~~~~ y de todas las cosas ~~~~~~~~~~~~ toda
gu~~~~~~ que ~~~~~~~~~~~~~ viajado
porque si su historia es al lineal, debió haber viajado
a las velocidad de la luz, pero eso lo habría llevado hacia el
futuro. A menos que viaja en sentido contrario.
MAL. MAL. TODO ESTÁ MAL~~

Corre y va de nuevo:

<u>Lo básico.</u>

Las manecillas del reloj se mueven constantemente.
Si corrieran hacia atrás, ¿significaría que el tiempo
retrocede o simplemente que el reloj está roto? El tiempo
es un concepto abstracto; en su defecto, puede tomar
la forma que sea necesaria. Usar un agujero de gusano
requiere demasiado tiempo y esfuerzo. Es inestable y
supone que la realidad es lineal.

No hay forma física lógica (aún) de detener el
tiempo. Hacerlo implicaría detener el movimiento del planeta y eso, por inercia, causaría que todo en él siguiera
moviéndose y en algún momento saliera disparado de su
lugar. Entonces, el movimiento de la tierra continúa, el

tiempo no se detendrá y no puede retroceder o adelantar en este plano espacio-temporal.

Por otra parte, todo lo que ya pasó es inamovible en una primera o segunda línea.

Es cuestión de hacer del cuadrado un cubo y concentrar suficiente energía para que esa porción de espacio en su interior pueda moverse a otra parte del tiempo, preservando el espacio que lo creó.

Si el espacio puede mantenerse estable dentro de la cabeza del sujeto por las cargas neuronales que emite su cerebro (lo suficiente para ser «real»). El impulso eléctrico correcto podría permitir que masas más grandes se muevan dentro de los múltiples planos de espacio.

Bi ∨ Tetra

Tetra ⟶ ESPACIO SEGURO

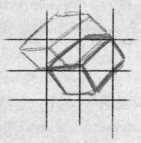

Por otra parte, la posibilidad de atravesar otros planos temporales solo da la pauta a abrirlas, no a cerrarlas o modificarlas. Lo que supone la creación de realidades alternas que cohabiten en el mismo espacio y tiempo y, sobreponiéndose unas con otras sin tocarse realmente al ser incapaces de entrar por sí solas al estado tetradimensional eléctrico que se necesita para que converjan.

¿Es paralelo? Posiblemente. ¿Tangentes? ¿Adyacentes?

En resumen: hay miles de estas realidades alternas.

Líneas conocidas:

Línea 1: Dakho ahogado en el lago, Sean lisiado, yo muerto (pendiente causa de muerte).

Línea 2: Esta. Dakho en 1986. Sean ileso, yo vivo (por el momento), Dominic.

¿Línea 3?: Dakho, Familia Feliz con Sean. Probablemente causada por el cambio de lugares en la línea 2 durante el accidente. Esa/esta línea es un placebo. > ¿¿¿De dónde sale. Dominic???

¿¿¿Línea 4???

¿¿¿¿Línea 5????

Me estoy volviendo loco.

(Disfruto más de lo que debería trabajar en el laboratorio.

Unos meses más y esto será Estocolmo. ¡Ja!)

Me gusta pensar que lo mío con Dakho es más que solo físico, que alcanzó un nivel cuántico en el que jamás podría alejarme de él. Desde la primera vez que toqué su mano, algo de él se ha quedado en mí, así como algo de mí estará con él siempre. Los átomos que nos componen se conectan, aunque estemos lejos. Es más: él y yo somos partículas entrelazadas.

NO OLVIDAR REVISARLE EL YESO A DAKHO,
PORQUE NO SE DEJA HACER CHEQUEO
MÉDICO.

20 de diciembre de 1986

Hoy incendié un árbol por diversión.

El fuego me llama.

Siempre creí que mis descuidos provocaban los incendios a mi alrededor. Simples accidentes, error de cálculo. Pero mientras más me conozco, más confirmo que soy yo quien quema todo intencionalmente. He descubierto una parte de mí que tiene no solo un talento innato por destruir y poseer, sino también fascinación por ello. Una profunda fascinación.

Las cosas que toco se prenden en fuego como hojarasca seca. El fuego me llama. Me habla. Me responde.

El dolor que siento me quema y me consume. El odio es una llamarada y mi conciencia, el bosque en otoño. Pienso que estoy enloqueciendo. Pero aún tengo demasiada voluntad como para considerarme un completo loco.

Si algún día la pierdo, podría quemar el pueblo entero.

Si algún día la pierdo, necesito que me extingan. Me sofoquen. Uno a la cabeza y dos al pecho.

Estarán a salvo hasta que no quede más que solo el humo.

Hay una foto mía al lado de la de Judas en el pabellón de los traidores. Acabo de vender a mi salvador por conocimiento. Me dejé convencer por Anzu para enviar de regreso a Dakho a su año, a su línea. Él dice que sabe cómo hacerlo, aunque yo dudo casi por completo. Pero esa pequeña oportunidad de saber que nuestro proyecto funciona me obligó a aceptar.

A lo mejor es una excusa para no admitir que ya no puedo seguir protegiendo a Dakho. Él no me escucha, él me obedece. Y eso me gusta, me fascina, pero no debería ser así. No quiero estar con un hombre que haga todo lo que digo, no quiero que su mente y su voluntad estén condicionadas a mis acciones. Lo quiero rebelde, autónomo, ¡sano! Vivo...

Mientras más tiempo pasa aquí, se vuelve parte de una realidad que apenas controlo. Estoy escribiendo esto oculto entre las cortinas del auditorio de la escuela porque dejar mi libreta en mi casa es peligroso y no tengo más escondite que este. Le robé las llaves a Haru, y cuando se dé cuenta de que ya no están, no tendré más espacios para estar a solas.

Aunque pueda salir a la calle, estoy preso, y las rejas invisibles me están haciendo perder la paciencia.

En este momento aún soy menor de edad según las leyes del estado de California.

Si desaparezco sin concluir esta parte de la investigación, <u>hago responsables a los doctores:</u>

- Kim Anzu
- Lee Jaewon
- Lee Dong Woo
- Egor Alexeiv
- Gong SooHyung
- Da Haoyu
- Choi Kang Yoon
- Fyodor Pavel

Y a los oficiales del ejército estadounidense:

- Eliot Miller
- Erick Noal
- Brian Davis
- Wilson Smith

Los antes mencionados me tienen trabajando ilegal y clandestinamente, contra mi voluntad, en la fabricación de un aparato cuyo propósito desconozco en su totalidad y de cuya utilización maliciosa no me responsabilizo. Si ocurre un genocidio o «un accidente» químico-biológico en un perímetro de 500 metros, ellos serán los únicos responsables.

A ningún Gobierno le interesa el pueblo. Si alguien publica mis notas, tome en consideración que ya no estoy en mis cinco sentidos.

Si el pueblo se quema, responsabilizo expresamente a Finnian Taylor Kim por cómplice. Si encuentran a Taylor luego de que esto salga a la luz y luce desorientado y perdido, mátenlo porque ya no soy yo. Dos tiros, porque si respira hará lo que sea por sobrevivir. Por favor, si me ven sufriendo, no me dejen agonizar, <u>mátenme.</u>

Anoche fui al baile de la escuela por primera vez y no pude disfrutarlo como me hubiese gustado.

Hace un año vi a mi hermano vestirse y salir de la casa. Estaba celoso de que él se sintiera a gusto entre la multitud. Su novia de hace un año era muy bonita, ganó el Miss California y salió en la tele. Sean también salió en las noticias y regresó a casa diciendo que las presentadoras estaban asombradas con lo guapo que era. Un presentador le dio su tarjeta, pero no entiendo por qué nunca lo llamó, quizás le pasa lo mismo que a mí y creyó que no es lo suficientemente bueno para entrar en ese mundo. Pero ese no es el punto.

La cosa es que yo estaba celoso de él y lo odié durante toda la noche aun cuando me dijo que fuera con él. Pero no quería ser el llavero de mi hermano, como siempre, así que le dije que tenía planes, que me rehusaba a participar del circo elitista y consumista que era ese baile.

Luego me fui al centro para evitar las preguntas de mis padres y entré al cine para ver el maratón de las mejores películas del año. Irónicamente, vi «Volver al futuro» por décima vez y luego «La rosa púrpura de El Cairo». Me gustó que la sala estuviese vacía, así nadie me escuchó llorando en las primeras filas.

Me hubiera gustado ir al cine con Dakho. No sé por qué nunca se lo propuse, supongo que era algo mío, solo mío, que no quise compartir ni siquiera con él.

Este año fue diferente, llegué a la escuela con el traje más caro que alguna vez usé y al fin tuve pareja para ir al baile. Vi a mi hermano ser un gran líder y sentí lo que era ser parte del grupo por primera vez en mi vida. Pero esa vida no es mía, yo no merecía esto. Me dolió en lo más profundo descubrir que Dakho había olvidado que estoy muriendo. No sé, eso debería ser bueno, pero me quema. Fue demasiado para asimilarlo de golpe.

En algún punto de la noche quise salir a tomar aire y vi a Haru besando a mi hermano. Retrocedí de inmediato, aunque sé que debí separarlos; Sunny se fue hace semanas de regreso a Corea y Haru sabe que Sean solo lo usa de consuelo. Pero no le importa, el amor o la obsesión que siente por él lo mantienen aferrado a algo que jamás pasará. Y, en el fondo, no puedo culparlo, no puedo reprocharle, porque estoy igual o más aferrado que él.

Debo dejar ir a Dakho, pero no puedo soltarlo.

No quiero que se vaya. No quiero quedarme solo de nuevo. No quiero que conozca a otra persona. No quiero que me olvide. No quiero que le cuente los secretos que me confió a mí a alguien más ni que nuestros lugares se vuelvan solo suyos. No quiero vivir en un mundo donde le diga «acepto» a otro mientras yo me quedo aquí.

<u>No quiero vivir</u> sabiendo que no me amará todos los días como me prometió que lo haría, porque si encuentra a alguien más, significa que solo fui un romance adolescente tonto y fugaz que olvidará con los años. No quiero ser una parte nostálgica de su día, pero él tiene mucho más futuro del que yo tendré alguna vez.

No quiero ser el romance de verano del amor de mi vida.

Lo peor de todo es que ya decidí que es justamente eso lo que debe hacer.

Y ruego que, si hay alguien esperándolo allá, logre darle siquiera la mitad del amor que siento por él, porque se lo merece más que cualquier otro hombre en el mundo.

<u>La destrucción es inevitable.</u> Destruyo todo lo que toco, el aire que exhalo enferma a los otros. Estoy cansado. Pasé de sentir que vivía por un propósito a sentir que estoy viviendo por obligación, y ya no quiero. Me siento atado. Estoy encadenado al timón del barco que se hunde, pero no quiero arrastrar a los demás conmigo.

En especial a Dakho. No me importa terminar en el fondo si él llega a la orilla.

¿Es normal que esté llorando? Supongo que es parte de la experiencia. No soporto recordar la forma en que me veía, como si le estuviera apuntando al pecho. Un nudo se forma en mi garganta de solo pensar en lo mucho que quería esto, lo mucho que deseaba que esto funcionara. Creo que solo estaba ciego. No quería despedirme. Ni aceptar que cuando estoy a su lado enloquezco. Yo moriría <u>por él con</u> la misma facilidad que niego que lo amo.

El problema con lo nuestro es que lo amo más de lo que me amo a mí mismo. Y me necesito aquí para sobrevivir.

Por el bien de ambos, rompí con él.

Todo se fue a la mierda.

24 de diciembre de 1986

Mi autoproclamado nuevo asistente asegura que su líder está mintiendo sobre la posibilidad a llevar a Dakho a casa y, para probarme su lealtad, me ha contado su versión de los últimos meses.

Cuando conocí a Anzu tuve la impresión de que no eran sus planos. Dudé por un momento de que fuera su investigación y, en cierta parte, no me equivoqué. Él asegura que el coautor de su proyecto es una mujer de este pueblo. Y, por desgracia, le creo. ¿Cómo lograr un descubrimiento tan grande en tan poco tiempo? No con dos, con cuatro manos. Un par en los cálculos y el otro estudiando en el lago.

La mujer, que es su hermana, huyó de Corea cuando era una niña. Se separaron y fue hasta mucho después que volvieron a tener contacto, pero para cuando él logró concretar el proyecto, ella ya estaba tan mal que se había arrojado al lago para matarse. La loca dejó sus apuntes en un montón de cartas que quedaron en custodia de su hija.

No quería que Jaewon terminara de contar, no quería tener que confirmar lo que me temía, porque, mientras más avanzaba, la historia se me hacía familiar y entendía a dónde quería llegar, en especial, porque entendí a quién tendría que sacrificar.

Anzu lleva meses buscando a la chica por las cartas que le faltan. Y ahora que Jaewon la encontró en casa de mi único amigo, me encomendó una misión especial:

Me pidió la <u>cabeza</u> de Haru por la de Dakho.

Y yo acepté.

Desde que tengo memoria, mi familia ha vivido en deuda con los Moon.

Nos escondieron, nos cuidaron y nos ayudaron a sobrevivir cuando no teníamos nada. Siempre me llamó la atención su buena posición económica. Siempre supuse que el tiempo que se adelantaron para escapar del país les dio ventaja; ahora ya no estoy tan seguro. Y aunque pasé mucho tiempo en su sala, no fue el suficiente para notar todo lo que pasaba de la cocina hacia adentro. Yo nunca conocí a la madre de Haru, no la recuerdo más que por un par de fotos; lo que sí sé es que las señoras del pueblo decían que era una malagradecida por despreciar al varón que Dios le había dado por desear una niña y que era rechazada por tener Moon de apellidos paterno y marital.

Pero entonces: Moon Haruka es... ¿Kim Haruka? ¿Es ese su nombre real?

Si es el caso, Kim secuestró a su propio sobrino. Eso me da tiempo. ¿Qué tanto sabe su familia sobre sus investigaciones? ¿Lo sabe? ¿Lo está ocultando?

¿Zenón, Teseo, abuelo, gemelos?

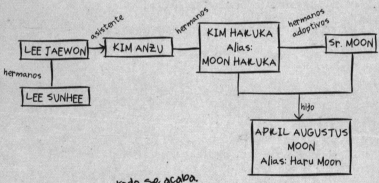

onsigo esas cartas, todo se acaba.
Todo se acaba. Me dejan en paz y seremos libres.

Pero...
Yo jamás seré libre si me quedo al margen.
Anzu dice que necesita un suicida para comprobar el experimento; Jaewon dice que las cartas nos salvarán. Y yo lleno ambas casillas, pero me inquieta la clase de repercusiones que estoy dispuesto a asumir en nombre de lo que siento por Dakho.

¿Moriría por él? Sin dudarlo. Pero ¿mataría por él?
Quizás.

Me asusta saber que la respuesta no es negativa, porque
un solo error mataría a todos, pero realmente no me
importa y pienso: ¿vale la pena quemar toda la ciudad
por salvar a un solo hombre? Si es por él, quemaría esta
ciudad y todas las que la rodean. Si regreso esta noche,
estaré renunciando al liderazgo de Anzu, y eso significa
matarlo o encerrarlo.

Si elijo esto, es probable que me separe de Dakho.
Cuando dije que deberíamos darnos un tiempo, no estaba hablando de forma tan literal.

No quiero ser desleal, pero, por desgracia, hoy más
que nunca creo que el fin siempre justifica los medios.

Dakho:

Mi boca y mi pecho tienen un acuerdo que
me mantiene lejos de reproches. No soy bueno
lidiando con las consecuencias de mis impulsos,
por eso no me permito cometer errores.

Me encantaría oírte decir mi nombre todos
los días, para siempre, despertar con la certeza de que estarás a mi lado. Pero si no hay un
mañana en el que pueda creer, esa eternidad
no será más que esta noche. Porque cuando

amanezca y me vea obligado a perderte, dejaré
de ser quien soy.

No seré el mismo hombre en la mañana sa-
biendo que no eres mío. Quien fui esta noche está
dispuesto a dejarte libre, quien seré al amanecer
hará lo que sea por hacer que te quedes con él.

He perdido la cabeza hace rato, y lo dejo a tu
criterio:

Eres libre de no quererme, eres libre de
irte. No estás obligado a permanecer a mi
lado, no estás obligado a hablar conmigo. Y
si realmente sientes que este no es tu lugar,
eres libre.

Pero si eliges quedarte, tendrás que guar-
darme este secreto por algún tiempo. Prometo no tardar mucho.

Dakho, ¿podrías esperarme
por hoy? —T.

Espérame, por favor, espérame.

27 de diciembre de 1986

Encontré un sentido lógico a la llegada de Dakho al
condado. Y para explicarlo necesito dividir la historia en
partes. Digo «partes» y no «líneas» porque cada línea

tiene su propio pasado, presente y futuro, ocurriendo en simultáneo.

En principio, la línea 1, el 1/8/86, cuando se creó el vórtice en el lago, es el inicio del experimento, pero no del viaje. Si existía sin supervisión en un área pública y recreativa, como lo es la reserva donde Sean llevó a Dakho a pescar, quiere decir que el experimento de esa línea fracasó ante los ojos de sus ejecutores. Esa línea de tiempo transcurrió sin alteraciones porque su experimento no logró el cometido esperado y se descartó, pero el vórtice se quedó ahí por más de treinta años.

¿Por qué no cayó nadie más? ¿Por qué nadie logró atravesarlo? Estaba inactivo. Se necesitan más personas para abrir el vórtice. Si yo morí, significa que alguien más abrió la entrada al lago en el futuro. Alguien que sabía cómo usarlo lo activó precisamente ese día. Pero Anzu no sabe activarlo solo.

Si mis cálculos no me fallan, la muerte de Haruka no cuadra con las fechas de las cartas. Si yo fuera ella y hubiera descubierto algo que no puedo controlar y podría dañar a mi familia, haría exactamente lo mismo que yo hice esta noche: irme. Irme del pueblo, del país, dejar de existir.

Su muerte me pareció orquestada. Sin cuerpo, sin fecha clara. Es obvio que fingió su muerte.

Entonces, si Anzu nunca dejó de buscar a su hermana y la encontró, fue ella quien completó la parte del experimento en esa línea. Los dos ancianos abrieron el portal, justo cuando Dakho peleaba con Sean; la carga de su cerebro hizo reaccionar diferente el lago y eso causó que llegara a mi condado Mariposa.

En la segunda línea, mi vida, soy su dueño porque aquí, esa parte que Anzu nunca comprendió, la completé yo. Y es ahí donde empieza el bucle.

¿Supongo?

La tercera solo la conozco porque la mente de Dakho desde que se accidentó parece ser parte de una línea diferente.

Entre las tres, los hechos se mezclan y chocan una y otra vez porque algo los une. La línea uno está casi intacta. Esta línea es la que tiene entrelazadas a las demás. Una variable creada en la segunda línea hace que se repita o hará que se repita.

¿Qué hace que la variable detone? No lo sé. Pero sé que puedo ahorrarme todo eso si voy al origen y evito que completen el experimento en primer lugar.

¿Eso creará otro bucle? Sí. Pero de momento no hay otra opción.

Tengo que encontrar a Haruka en el futuro antes de que ellos lo hagan.

Mientras aumenta la tormenta, los recuerdos de mi vida original se hacen más y más fuertes. Subestimé mucho el nivel de dolor físico que la unión de las líneas podría causar. Por un momento estuve en contacto con mi yo de la primera línea.

Experimenté mi propia muerte.

Maté a un hombre y solo tendré la mitad de la condena.

Ese hombre quería morir. Soy un héroe por liberarlo.

Maté a un hombre. Y solo tendré la mitad de la condena porque solo seguía órdenes. Mis propias órdenes. Maté a un hombre que llevaba años muerto.

Maté a un hombre y ahora el espejo está vacío.

Maté a un hombre, pero hace mucho tiempo que quería deshacerme de él.

He estado corriendo sin parar y no me acerco ni un poco al límite, todo lo que alcanzo a ver es mi propia espalda. La investigación que debía cambiar mi vida es un callejón sin salida. No puedo pensar, estoy en blanco. He arrancado más hojas de esta libreta que de cualquier otra.

· Debí saberlo. La vida no te da nada sin pedir algo a cambio. Y pienso, quisiera pedir protección al cielo, pero he negado a Dios por años y sé que, de existir, tampoco le agradaría mucho lo que estoy por hacer. Dios, si hay una salida, guíame. Si hay una solución, ilústrame. Porque si no la hay, no me perdonarás por el camino que elija.

Es inútil rezar. Dakho no impidió mi muerte, solo lo olvidó porque en el futuro Sean nunca se lo dijo.

Si hay un Dios que permite que todo suceda a su voluntad y hemos peleado contra el otro mi vida entera, no estoy seguro de que haya sido él quien me dejó ser feliz. A menos que lo hiciera para luego afirmar su superioridad. Si no, ¿qué propósito tendría mostrarme millones de posibilidades si no tengo la oportunidad de tomar, aunque sea una de ellas? No encuentro un Dios al cual agradecerle o implorarle piedad, no sé si lo hay. Pero la impotencia que siento esta noche es algo que el Dios que conocí de niño sí me habría hecho sentir.

Morir se siente como romper un vidrio. Al menos así se sintió la mía. No sé con certeza si es diferente para otras personas, si es que hay algo después de la muerte. Porque para mí no hay nada, ni paz, ni penas. Nada.

Si fuera un vacilante, la falta de confianza en mí mismo me habría llenado de esperanza, la misma que tuve cuando, por un momento, creí que había vencido con éxito a la muerte. Pero la determinación (o terquedad) que me caracteriza me confirma que, aunque dude, aunque sufra, si me ponen el arma en las manos, me volvería a matar, porque la decisión ya estaba tomada. El segundo antes de jalar el gatillo es más doloroso que morir en sí.

La verdad hace más penosa la muerte.

Ya no puedo jugar a la ruleta rusa porque sé exactamente cuándo saldrá la bala. Sé bien dónde la puse.

He logrado crear un artefacto capaz de concentrar, manipular y reutilizar cantidades inmensas de electricidad. Utilizando esta energía en su nueva forma, es posible crear una brecha en el universo que permitirá hacer posibles los viajes en el tiempo.

El trabajo que presento se ejecutó en coautoría con Kim Haruka, a cuyos apuntes y cartas atribuyo la autoría intelectual de la fundamentación teórica en esta investigación.

En este primer intento de acción, se provocará un rayo durante el punto más alto de la tormenta pronosticada para esta noche. Para ello se están utilizando, además, cuatro torres con molinos de viento, tres bobinas de Tesla y al sujeto como catalizador para multiplicar exponencialmente la electricidad de la central eléctrica del pueblo.

Plan de contingencia: pararrayos sector B. El estabilizador del punto A debe fungir como parte del cuerpo del sujeto para que el impacto no sea mortal.

Para entrar al vórtice que el aparato genere y comprobar el correcto funcionamiento del experimento, me he dispuesto como sujeto de prueba.

Sentí que debía escribir esto. Estoy encerrado en un aserradero en medio del bosque, en una pequeña oficina que ahora está toda desbaratada por mi culpa. Afuera hay veinte hombres esperándome para terminar lo que comencé hace meses.

¿Será válido sentir temor en mi posición? Conozco tan bien este lugar que quisiera salir corriendo por la ventana aun si con eso solo consigo que me maten. Lo harán de todas formas, ¿no? Si no funciona, me quedaré en el intento, ¿cierto? Es inútil, en todo caso, sentir temor porque estoy casi por completo seguro de lo que hay del otro lado.

Las cosas que podrían suceder son horribles, pero sigo aferrándome a la remota posibilidad de que suceda algo increíble, algo hermoso, algo que me demostrará que todo ha valido la pena.

Luego recuerdo la última vez que estuve con mi familia. Fue en Navidad.

Por primera vez en años logré ver a mis padres más allá de sus errores, creo que los perdoné en secreto durante la cena y pensé que había pasado tanto tiempo molesto conmigo mismo porque creí tener la culpa de que no me amaran. Por muchos años me sentí responsable de todo el dolor a mi alrededor, pero sé que no es así. He pensado durante los últimos meses que las decisiones que tomamos se quedan con nosotros para siempre y yo decidí ser feliz.

¿Es posible eso? ¿La felicidad como decisión propia? Ahora siento como si estuvieran a punto de sacrificarme como ofrenda y trato, intento rescatar las cosas que viví porque creo que el dinero y el reconocimiento no me llenarán, en especial cuando comencé a pensar en vivir una larga y cotidiana vida. Porque quiero envejecer junto a mi hermano, quiero verlo ser padre y tener una gran familia como la que nunca tuvimos. Y yo quiero hacer lo mismo. Me gustaría ser el padre que él me enseñó a ser.

Me perturba pensar qué pasará si corro para alcanzar el conocimiento y al final me doy cuenta de que todo lo que necesitaba estuvo conmigo desde el inicio. Si en el fondo soy igual que el resto de los hombres, necesitado de afecto y compañía, y al irme he desperdiciado mi oportunidad de ser feliz.

Debo encontrar el origen del bucle que nos tiene presos. No sé qué estoy buscando. No sé por qué lo hago. No tengo un objetivo definido, pero la hora avanza y tengo que salir a enfrentar esa parte del universo que he creado.

Fui profesional tanto como mi cordura me lo permitió, pero ya he traicionado a todos los que amo. Usar el experimento para mis propios fines egoístas no me incomoda en lo más mínimo. Antes de entregarme de lleno a mi búsqueda, he programado los controles del vórtice para enviarme a los primeros meses de 2019 de una línea alterna de tiempo.

También, he pensado seriamente en suplantarme. Si llego a casa de Dakho y me presento ante él diciendo que vengo del pasado, de un pasado futuro en el que me juró que era mío, ¿él me creería?

Sé que debo soltarlo, pero tengo miedo de olvidarlo si el invierno se termina y ya no estoy con él. El frío siempre me ha mentido, me hace sentir necesitado, por eso deseo, profundamente, experimentar en carne propia la llegada del verano a su lado.

El día que conocí a Dakho comenzaba la temporada de lluvia. Las copas de los árboles se estaban secando y él jamás supo lo bello que luce el pueblo cuando está en su punto más verde. Quiero enseñarle que esa vereda de lodo que nos lleva de regreso a la escuela es hermosa cuando comienza a llenarse de violetas. Quiero mostrarle la playa al amanecer y disculparme por dejarlo solo.

Si pudiera, cambiaría todo lo que sé y todo lo que tengo por un solo verano a su lado. Porque, si de otoño a invierno fuimos tan felices, el verano nos hubiera hecho sentir dueños del mundo.

Me complace estar a punto de morir porque hoy cumplí mi mayor aspiración en la vida: soy memorable.

Taylor Kim y la irresponsabilidad de su trayectoria:

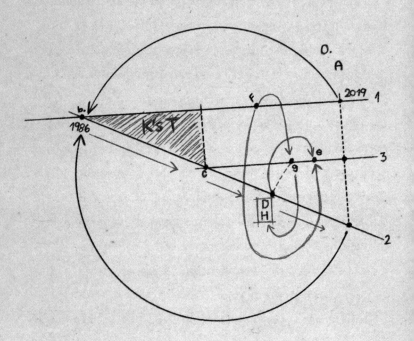

31 de diciembre de 1986

No sé si alguien lea esto en algún momento. Me ha tomado años encontrar esta bitácora tal y como está en esta línea temporal. Cuando la encontré, pensé en guardarla conmigo para siempre, pero eso rompería el ciclo de las cosas como sucedieron para mí.

Me hace gracia que nunca haya perdido la costumbre de documentar los hechos. En especial, porque lo que leí de una vida que pude tener fue divertido y un poco vergonzoso, debo admitirlo. En cierta forma, fue gratificante saber que hay, en algún lugar, una versión de mí que logró reconocerse a sí mismo como el humano cualquiera que es, que soy, que somos.

En algún lugar, hay una versión de mí que está orgullosa de ser el lunático que siempre he sido. Una versión de mí que dejó de temerle a ser vulnerable, lo cual envidio mucho. Me gusta pensar que ese Taylor es más fuerte que todos nosotros juntos; creo que la tristeza que me ha acompañado mi vida entera es la misma que terminó por consumirlo.

Leer esto para mí es como sentarme en el medio de un cuarto de espejos. No importa hacia donde vea, sigo siendo yo, aunque mi reflejo esté distorsionado.

Mi ambición por querer controlar las cosas alcanzó niveles estratosféricos. Son tan altos que incluso quise controlarme a mí mismo; pero, me conozco muy bien y sé que es imposible darme una orden, no la seguiré si creo que hay un mejor camino y, por desgracia, si no lo hay, yo termino inventándolo.

Lo que estoy por explicar es, a grandes rasgos, lo que observé durante los últimos meses. Y para no terminar de enloquecer, haré lo mismo que mi Taylor favorito haría, así que me presento:

Dr. Finnian Taylor, treinta y tres, Sc. M., Ph. D., Sc. D., nobel de Física.

Políglota, bombero, poeta, barbero y ~~alcohólico a tiempo completo.~~

No me disculparé si esto es confuso, estoy haciendo mi mayor esfuerzo por ordenar los hechos, cronológica y espaciotemporalmente.

Para comenzar, me he acostumbrado demasiado a la computadora. Recuerdo que solía escribir biblias enteras a mano, pero eso quedó atrás hace mucho. Me he quedado a vivir en Yosemite por algún tiempo para descansar y tratar de documentar mi parte de la historia.

Soy un doctor en física que ha sobresalido por sus aportes en la teoría cuántica de campos.

Como pasatiempo, he dedicado los últimos años a encontrar la forma de hacer posibles los viajes en el tiempo. Por trillado que parezca, es la investigación a la que he dedicado no solo mi vida entera, sino todas mis vidas, al parecer. Y no lo digo en el sentido esotérico, verdaderamente, he descubierto y comprobado la existencia de múltiples líneas temporales alternas y coexistentes.

¿Eso me dio premios y reconocimientos? No. Ni siquiera lo he revelado, y después de ver todo lo que vi, creo que jamás lo haré. Ya no creo para nada en la moral de la comunidad científica. Hace unos años les di una nueva forma de energía autosustentable, y en menos de dos días ya había países interesados en ella. Recuerdo haber pensado que el Gobierno al fin se preocupaba por su pueblo, pero no, solo querían competir entre ellos a ver quién de todos tendría «el arma más moderna». Hubo buenas ofertas, la cantidad de dinero que llegaron a ofrecerme fue nauseabunda, estuve tentado, lo admito; pero después de lo de las torres y luego Siria... Solo diré que no soy la clase de científico que sacrifique sus descubrimientos por dinero. En especial porque los poderosos suelen profanar todo lo que podría salvar al mundo.

Dicho eso, claro que soy un fugitivo. Si no aceptas el dinero por las buenas, lo aceptas por las malas; si no, te mueres sospechosamente y tu investigación resulta sin patentes y de dominio público. Conveniente, ¿verdad? Intentaron culparme de un crimen que no cometí. A mí, a un sabiondo huraño que lleva diez años enfermo de cáncer, quisieron arrestarme, pero el decano me previno que llegarían por mí luego de que lo obligaron a despedirme.

Me los imagino a todos entrando a mi oficina en la universidad y viendo que dejé una nota de despedida y todos los cajones vacíos. Mataría por ver sus caras de confusión buscándome por todo el país mientras estoy tranquilo quince años atrás.

Estoy divagando mucho. Creo que aún estoy consternado por la situación. Vine aquí buscando aventura y me encontré con la duda de mi propia existencia. También logré averiguar quién era «Dakho», la persona que aparece en mis apuntes de adolescente.

1. Alguien logró viajar en el tiempo antes de que yo lo lograra.
2. Por alguna razón, soy el único de las versiones de mí mismo que no está muerto. Soy el único viejo.
3. Yo nunca debí existir.
4. Siempre que estoy vivo, Dakho no existe. Siempre que estoy muerto, Dakho está ahí.
5. Puedo resaltar una investigación mal ejecutada y, aparentemente fallida, que causó la paradoja de la que soy producto.

Trato de ser racional, pero, de a momentos me gana la ansiedad y la impotencia de conocer mis desenlaces.

Cuando conseguí viajar en el tiempo, decidí ir a la fecha marcada en el inicio de mi libreta. Ansié encontrarme conmigo mismo. En aquellos años, cuando estaba por cumplir dieciocho, yo tenía una gran obsesión con el viajar en el tiempo y pensé que sería trascendental contarme que lo había logrado. Pero hubo un error de cálculo y, al llegar, he visto cómo sacaban de mi casa mi cuerpo en una bolsa forense y a mi hermano llorarme mientras está cubierto de mi sangre.

Mi estado mental se quebró ahí, estuve en mi funeral y quise entrar corriendo a mi casa para que supieran que todo estaba bien, que eso no era real, que esa noche (que siempre fue una mancha confusa en mi memoria) Sean tiró la puerta de mi habitación y me quitó el arma, que jamás me suicidé.

Quise, con todas mis fuerzas, decirle a mi familia que no estaba muerto, que yo no quería morir; pero ¿eso era verdad? No lo creo.

Me quedé afuera de mi casa y vi a mi hermano sentarse a llorar en su balcón. Me dolió tanto que casi rompo la línea de tiempo ahí; pero se me adelantaron.

Alguien le silbó a mi hermano como yo solía hacerlo. Entonces vi a una versión joven de mí viendo hacia el balcón y haciendo lo que, por sentido común, no debe hacerse: interferir. Ese idiota le hizo una fractura temporal a la línea original y no pareció importarle. Me enojé por un segundo y luego recapacité, ¿por qué le importaría? Era un yo de diecisiete años, es obvio que le importaría una mierda dañar algo.

En vista de que el primer Taylor que encontré estaba muerto, decidí seguir al segundo. Lo vi correr por el bosque y lo seguí. Lo seguí y lo vi trabajar por un par de días en una vieja bodega abandonada.

Él parecía estar usando una versión rudimentaria de mi experimento. Le abría un boquete al universo, entraba y luego salía todo quemado. Tenía una computadora y un celular mucho más moderno de lo que yo he tenido y lloraba, lloraba muchísimo, pero sin dejar de trabajar. Dudé mucho de su estado mental cuando comenzó a escribir en el suelo con un trozo de carbón.

Tardaba una o dos horas en regresar cada vez que se iba. Pero la última vez, no lo hizo y eso me preocupó mucho.

Fui a buscarlo, asumí que el pobre niño estaba intentando volver a casa, a su casa, y usé sus cálculos con mis métodos para llegar ahí. Pero cuando lo hice, el pueblo estaba revuelto, sumido en un caos y anarquía que tenían mi nombre escrito en todas partes. Había una tormenta, la gente gritaba en pánico y no lograban sofocar el incendio de la carretera.

Haciendo memoria, en mi línea sí hubo una tormenta, pero esto era una catástrofe. Decidí retroceder seis meses en ese momento para entender el motivo; pero fue hasta el primero de agosto que lo hice. En medio de la carretera, vi a ese Taylor cargando sobre su espalda a un chico moribundo. Así que conocí a Dakho el mismo día que él me conoció. El resto... El resto es todo lo que no fui, lo que me estuvo persiguiendo por años, lo que me quitó toda la cordura en mi juventud.

Soy un viejo medio loco que se ha acostumbrado a estar solo; admito que le tomé aprecio al niño, a ambos. Son buenos chicos. Algo extremistas. Pero buenos chicos. Ese Taylor me mostró quién era cuando quería ser alguien. Y descubrí que el «construiría una casa para ti», que mi padre me enseñó que era la máxima muestra de amor y siempre me pareció anticuado, no tenía nada de frenético y desmedido como el amor que pudo sentir un alguien para quemar toda su ciudad por un hombre.

Fue en esa misma carretera donde, meses después, vi a esa versión de mí corriendo con la piel quemada. Quise intervenir, pero como siempre, me ganaron.

Han Dakho, el chico de mis apuntes pasados, lo siguió hasta el acantilado y lo persuadió de lanzarse. Y, en su lugar, terminó lanzándose él mismo al lago.

Desearía nunca haberlo visto caer.

Luego de las cosas que dijo, entendí que mi vida solo era posible porque él no existía. Por eso estoy solo, porque no existe un Han Dakho para mí. Me había estado creyendo a mí mismo «El Taylor original», pero no lo soy. Soy una falla. Soy la versión de la versión errada de algo.

Yo era como todos los otros Taylor. Enfermo, solitario, no tenía futuro, en cualquier momento terminaría muerto. Pero no lo estoy porque él me salvó. Eso, pese a que arregló mi existencia y la vida de mi familia, cuando mi línea se separó de las demás en el acantilado, extinguió a Dakho de mi mente, de la de nuestra familia y la del pueblo.

Así que soy un cero.

Después de que Dakho cayó, Sean llegó hasta ese Taylor en el borde del acantilado y lo abrazó, pero cuando lo hizo, yo también lo sentí. Ese era yo. Era yo porque Dakho ya no estaba.

Ellos se fueron, pero yo aún regresé para tomar la libreta que Dakho intentó darle a ese Taylor. Jamás entendí por qué no se borró, por qué no desapareció o algo. A juzgar por las cosas en ella, ni siquiera estoy seguro de qué línea viene en realidad, pero es un gran objeto de estudio.

Lo último que Taylor escribió fue su conclusión del experimento y era de lo poco que tenía la libreta la primera vez que mi hermano la encontró:

Después de ciento cincuenta y dos días de arduo trabajo, puedo escribir el marco central de la hipótesis que acuña n bitácora.

Un cuerpo a través de dos bocas de densidad podría moverse más lento en el espacio-tiempo, utilizando para ello un canal de electricidad y estática a fin de preservarse con vida. En el sujeto de prueba, dicha electricidad se vio adherida a sus ondas cerebrales para mantener un flujo d energía constante entre su cerebro y su cuerpo.

Un agujero de gusano, con densidad suficiente, es capa de contener y transportar objetos de un punto a otro en e que llamamos espacio-tiempo.

Esta teoría queda comprobada, pero con una validez d utilización nula, ya que, al tratarse de un agujero creado a tificialmente, el ente viajante solo podría regresar hasta s punto de origen. Es decir, este agujero se creó el primer día de agosto de mil novecientos ochenta y seis; y aunque pasa- ron más de treinta años, cuando el sujeto se introdujo en é regresó exactamente al momento en el que se creó.

Queda así descartada la posibilidad de controlar por este medio los viajes en el tiempo.

Hasta donde sé, luego de que se creó mi línea de tiempo, al Taylor que estuve siguiendo lo alcanzaron los militares y lo mataron. Su Dakho se hace viejo en alguna parte esperándolo. Me siento culpable de saberlo.

A veces, me cuestiono qué tan mal estaría ir a buscarlo, llevarle unas flores en nombre del joven yo y decirle que me tomó mucho tiempo encontrarlo. ¿Qué tan malo sería suplantarme a mí mismo? Mis principios me lo impiden, pero, si un día decido ignorarlos, es probable que lo haga.

He pasado mi vida entera sintiendo que pertenezco a algo más grande, que alguien en algún lugar me está esperando. Pero nací condenado, yo mismo me condené.

Cuando comencé esta libreta recuerdo que le faltaban hojas. Ahora sé que fui yo quien se las quitó antes de dejarla junto a las cosas de mi hermano en la entrada de la casa.

SOY <u>CERO</u> Y ESTE ES MI DESCENSO A LA LOCURA.

31 de enero de 1987

Salí del hospital hace un mes; los doctores dicen que mejoraré, mi intento suicida los alertó a tiempo. Tengo medicinas.

Sean Grace encontró esto en la nieve, se supone que es mi diario, así que intentaré retomarlo porque según él esto es «terapéutico».

Descubrí que mi hermano s[...]
padre. ¡Seré tío! Las cosas[...]
han estado un poco extrañ[...]
su novia vive en mi casa ah[...]

Los bebés son tan frágiles y suaves, mi sobrino duerme todo el día en el sofá y yo no puedo dejar de observarlo. Mi hermano tiene que trabajar, y su esposa estudia por las tardes. ¿El niñero del bebé? Exacto, yo. Lo sé, dejaron al pirómano a cargo del inocente angelito, terrible elección.

¿Tengo mucha imaginación o estoy pasan[...]
do por alto algo importante? No entiendo[...]
por qué escribí todo eso, se supone que m[...]
cabeza está bien.

Hoy fui al lago, es el lugar que dicen m[...]
apuntes pasados, pero no ha sucedido na[...]
extraño. Volveré mañana, es un buen luga[...]
para estudiar.

1 de agosto de 1987

Vine a visitar a mis padres desde Boston. Me tomé un día libre de la universidad para venir a pensar aquí, al lago. Sueño cosas extrañas, espero que sean ideas, así podré ser rico, o toda una estrella.

Tu nombre está por todos mis apuntes. No sé quién eres, pero pareces importante. ¿Seré esquizofrénico o eres mi conciencia? El doctor se molestó conmigo porque le pregunté por milésima vez si era posible que tuviera amnesia, y me dijo que no, de nuevo.

Como sea, si resulta que le puse nombre a mi propio diario, voy a golpearme por ser tan ridículo.

La universidad es una mierda, ¿quién diría que odiaría tanto estudiar? Detesto los dormitorios, y el maldito frío va a matarme, por eso prefiero quedarme en el área común del edificio, hay un teléfono ahí.

1 de agosto de 1988

Son mis primeras vacaciones. Volví a casa. Jessie sabe pronunciar mi nombre; es gracioso. Estoy enseñándole a sumar, espero que no sea demasiado pronto.

Lo más satisfactorio de mi día fue verlo decir que soy su héroe, porque Sean se veía muy ofendido. Amo mucho al enano ese, es mi estrella.

Vine aquí a buscar inspiración, todos esperan grandes cosas de mí, y yo solo quiero comer crema batida.

1 de agosto de 1989

Yo de nuevo.

Estoy en el lago, no ha sucedido nada, pero está bien, me gusta relajarme. No quería estar en casa estas vacaciones. Me gusta venir aquí a ver las estrellas.

Las personas de la Facultad están encantadas conmigo, también asisto a todos mis tratamientos. Parece que podría llegar a graduarme de la universidad mucho antes de lo que creí. Le enseñé un par de teorías a alguien importante; creo que me ven con cara de posible dinero. Ni siquiera me he graduado y creo que ya tengo trabajo. Y sí, soy el raro de los viajes en el tiempo del salón, nadie me cree.

Escribiré tu nombre todos los días hasta entender de dónde saliste. Han Dakho, Han Dakho, Han Dakho...

1 de agosto de 1991

Hace mucho que no escribo, pero necesitaba contarle a alguien que hoy estoy un poco triste. Mi hermano y su familia se mudan a otra ciudad. Hoy regresé y ya no estaban. Mi hermano consiguió una oportunidad de estar en la banca para el equipo de los Gigantes de San Francisco.

Mi sobrino me ha enviado una postal desde su nuevo hogar, se ve feliz. Sus padres se casaron (al fin), fui a la boda y, por alguna razón, pensé que me gustaría casarme.

S
he

SAN FRANC

1 de agosto de 1992

Compré unas cortinas celestes para mi dormitorio y se burlaron de mí porque tenían nubes y estrellas bordadas, pero pienso que son lindas.

Me ofrecieron una exoneración de examen final. Creo que significa que ese título ya es mío. Volveré a casa, creo, aún no estoy taaan sano; pero estoy mejor. Estado: me siento optimista.

Ahora que soy un profesional, me dejaré la barba.

1 de agosto de 1993

Hace unas semanas pasó algo raro. A la universidad llegaron unos videos de la creación de supernovas y sentí que vomitaría cuando uno de mis compañeros de trabajo bromeó con que eran «superestrellas».

Estrellas...

Una superestrella.

MIERDA.

1 de agosto de 1994

Sean Grace quiere que me vaya con él a San Francisco, tiene miedo de que tenga una recaída. Como si no hubiese vivido con esto tantos años ya. No, al final no era solo anemia. Pero no importa. ¿Miedo a morir? Nunca.

Querida muerte, quizás algún día salga contigo; por ahora solo somos amigos.

1 de agosto de 1994

Ojalá no lo hubiera entendido, ahora no puedo dejar el pueblo. No quie hacerlo. No puedo irme sin saber dónde estás.
El tiempo es relativo; viajar al pasado y cambiar el curso de las cos no representaría un cambio real, sino la separación de los hechos.

El tiempo es relativo; viajar al pasado y cambiar el curso de las cosas no representaría un cambio real, sino la separación de los hechos.
Esto que siento no es mío, no aquí. En algún lugar, pero ¿dónde?

Jessie vino a visitarme. Espero que no te molestes, pero le he regalado tu ramillete a él, lo colocó en su mochila. Parece que ha comenzado a actuar como adolescente.

¿Dónde estás? Te necesito.
Los cigarrillos saben a ti.

...ha película nueva y una
...ena me recordó a nosotros.
...o debe ser tu culpa.

Un doctorado en física no
te sirve para una mierda.
Necesito dinero, mucho
dinero.

$V = 900 KH^2 = 1.5 \cdot 10^4 H^2$

Me topé a Lee Jaewon en el supermercado el otro
día, se asustó un poco al verme. Creo que él sabe
quién soy. No pude animarme a preguntarle sobre lo
que pasó. De todas formas, no estoy seguro de que
haya sido real.

Dijeron que podía
trabajar en los
laboratorios de la
universidad
mientras lograba
restablecer
mi salud,
al menos
por este año.

Seré profesor aquí en
California durante uno o
dos años mientras consi...
que alguien financie mi
investigación. Así que
llámenme «profesor Ki...»

$EF = h \cdot F = \rho 63 \times 10^{-14}$

$J. 5. 15. 10^{10}. S^{-1} = 9.95 \cdot 10^{-28}$

No necesito un agujero
de gusano para intentar;
concentrar energía es mucho
más seguro y probable.

Justo como dijiste, las bandas de chicos
comenzaron a volverse populares.
Escuché una canción nueva en la radio,
pero creo que ya la conocía. Eso debe
ser tu culpa, otra vez.

$-P = \rho gh$

Siempre supe que mi hermano sería un jugador famoso.

El señor Moon falleció hace poco. Su casa quedó desocupada, y Augustus nunca devolvió mis llamadas. Creo que olvidó que alguna vez fuimos amigos.

No estoy loco, en serio.

Tengo la teoría de que mi vida es toda una maldita paradoja del abuelo.

No estoy loco, los demás, sí. Ellos no lo entienden, no pueden.

He invertido en esto los últimos catorce años, aunque me dijiste que no debía intentarlo, pero necesito hacerlo.

Der

azúcar, sal, azúcar, sal, azúcar, sal, azúcar, sal, azúcar, sal,
azúcar, sal, azúcar, sal, azúcar, sal, azúcar, sal, azúcar, sal,
azúcar, sal, azúcar, sal, azúcar, sal, azúcar, sal, azúcar,

azúcar, sal, azúcar, pimienta, sal, azúcar, sal, azúcar, sal,
azúcar, sal, azúcar, sal, azúcar, sal, azúcar, sal, azúc

azúcar, sal, azúcar, sal, azúcar, sal, azúcar, sal, azúcar, s

$$VFr = 2V$$

$$E^{c\infty} = e \cdot VFr = 1.6 \cdot 10^{-19}$$

No quiero ir al hospital, sé lo que van a decirme.

Cada vez entiendo
menos por qué hago esto.
He llegado al punto de pensar
que solamente estás
en mi imaginación.

¿será que yo también me atrevo a criar o cuidar a ese mocoso que me dio la sorpresa de que escondo el derecho de llamarme así de todo, la responsabilidad, en fin, no me sorprende, después sé que no llegaré a ver a su hijo, yo no tengo tiempo

s gallinas no vuelan porque son inútiles.

mente, demente, demente, demente, demente, demente
Demente, demente, demente, demente, deme
e, demente, demente, demente, demente, demente

mente, demente, demente, demente, demente
nente, demente, demente, demente, demente, demente
nente, demente, demente demente, demente
mente, demente, demente, demente demente, demente
te, demente, demente demente, demente, demente
nente, demente, demente, demente, demente demente
ente, demente, demente, demente, demente, demente

ente, demente, demente, demente, demente, demente
nente, demente, demente, demente, demente, demente
Demente, demente, demente, demente, demente
nente, demente, demente demente, demente, demente
te, demente, demente, demente,
Demente, demente, demente, demente, demente, demente

1 de agosto de 2001

Debería estar en el hospital, pero hoy es el día. Estaré cerca del lago para poner en práctica mi investigación. No puedes destruir la realidad; en su defecto, solamente lograrás separarla.

Y de existir otra realidad, o una brecha en el espacio-tiempo, sería posible viajar a cualquier punto en el plano del universo conocido habitable.

Mi papel en esta investigación no va más allá de la reproducción e interpretación de distintos escenarios en los que se podrían o no dar las condiciones necesarias para validarla. Ahora bien, mi investigación va más específicamente de la interacción con el objeto de estudio, en la que, además, me incluí a mí mismo como sujeto de prueba.

Ahora que regresé a mi hogar, he dado de baja mi investigación para evitar que sea reproducida por alguien perverso; por eso me veo en la obligación de destruirla, pues me niego rotundamente a que sea usada con fines dañinos.

He de confesar que no hay nada más puro que lo que conocí en 1986. Pero el universo ya tiene suficiente de nosotros, y sí, soy egoísta porque voy a esconder todo para que sea solo nuestro en cada línea, incluso si eso me mata. Porque entre miles, hay una sola que necesito cuidar, por la que elijo detenerme.

Es probable que muera pronto, o, a lo mejor, que solo me haya quedado a vivir en algún lugar donde te encuentres tan viejo como yo; pero hasta entonces no lo diré porque no quiero que me busquen, no quiero que me encuentren. Por eso desde hoy estoy muerto.

El tiempo es relativo, sí, pero total y completamente necesario para entender la vida, pues resulta invaluable cuando se disfruta cada segundo.

Observé, me hice mil preguntas y escribí cien hipótesis más. He experimentado extrañarte todos los días, y mis conclusiones son más claras de lo que pensé.

Yo, Finnian Taylor, tengo la teoría de que te amo, porque,

Dakho,

yo sí me acuerdo de ti.

Obra editada en colaboración con Editorial Planeta – Perú

Título original: *Kim's Theory 101: bitácora experimental de viajes en el tiempo*

© 2024, Jay Sandoval
Corrección de estilo: Karla Giraldo
Diseño de interiores: Kelly Villarreal
Diseño de portada: Moisés Díaz Bruno @moe_diaz
Ilustraciones de interiores: Cortesía de ©Freepik, Jackie Magazine (p. 32), National Museum in Warsaw (p. 88), National Portrait Collection, Metropolitan Museum of Art y Cleveland Public Library (p. 127).

© 2024, Editorial Planeta Perú S. A. – Lima, Perú

Derechos reservados

© 2024, Editorial Planeta Mexicana, S.A. de C.V.
Bajo el sello editorial CROSSBOOKS M.R.
Avenida Presidente Masarik núm. 111,
Piso 2, Polanco V Sección, Miguel Hidalgo
C.P. 11560, Ciudad de México
www.planetadelibros.com.mx

Primera edición impresa en Perú: septiembre de 2024
ISBN: 978-612-4414-50-3

Primera edición impresa en México: septiembre de 2024
ISBN: 978-607-39-1996-8

Impreso en los talleres de Litográfica Ingramex, S.A. de C.V.
Centeno núm. 162-1, colonia Granjas Esmeralda, Ciudad de México
Impreso en México - *Printed in Mexico*